# TRANZLATY

**El idioma es para todos**

Limba este pentru toată lumea

# Las Aventuras de Alicia en el País de las Maravillas

# Aventurile lui Alice în Țara Minunilor

## Lewis Carroll

## Español / Română

**Alicia empezaba a cansarse mucho**
Alice începea să obosească foarte tare
**Estaba sentada junto a su hermana en el banco de hierba**
stătea lângă sora ei pe malul de iarbă
**Pero ella no tenía nada que hacer**
dar nu avea nimic de făcut
**Su hermana estaba leyendo un libro**
sora ei citea o carte
**una o dos veces Alicia echó un vistazo al libro**
o dată sau de două ori Alice a aruncat o privire în carte
**Pero el libro no contenía imágenes ni conversaciones**
dar cartea nu avea imagini sau conversații în ea
**«¿De qué sirve un libro sin imágenes?», pensó Alicia**
"Ce rost are o carte fără imagini?", se gândi Alice
**"¿Por qué un libro no tendría conversaciones?"**
"De ce o carte nu ar avea conversații?"
**Pero tenía otras cosas que considerar**
dar avea alte lucruri de luat în considerare
**"Hacer una cadena de margaritas sería un placer"**
"Ar fi o plăcere să faci un lanț de margarete"

"¿Pero vale la pena el esfuerzo de levantarse y recoger las margaritas?"

"Dar merită efortul de a te ridica și de a culege margaretele??"

**No era tan fácil pensar en esto**

Nu a fost atât de ușor să te gândești la asta

**porque el día la estaba haciendo sentir somnolienta y estúpida**

pentru că ziua o făcea să se simtă somnoroasă și proastă.

**Pero de repente sus pensamientos se vieron interrumpidos**

dar deodată gândurile ei au fost întrerupte

**un conejo blanco de ojos rosados corrió cerca de ella**

un iepure alb cu ochi roz a alergat aproape de ea

**No había nada demasiado notable en el conejo**

Nu era nimic prea remarcabil la iepure

**y Alicia tampoco pensó que el conejo fuera notable**

și nici Alice nu a crezut că iepurele este remarcabil

**ni le extrañó que el Conejo hablara**

nici nu a surprins-o când Iepurele a vorbit

**"¡Oh, Dios mío! ¡Llegaré demasiado tarde!", se dijo a sí mismo**

"Oh, dragă! Voi fi prea târziu!" și-a spus el

**pero entonces el Conejo hizo algo que los conejos no hacían**

dar apoi Iepurele a făcut ceva ce iepurii nu au făcut

**el Conejo sacó un reloj del bolsillo de su chaleco**

Iepurele scoase un ceas din buzunarul vestei

**Miró la hora y luego se apresuró a seguir adelante**

S-a uitat la oră și apoi s-a grăbit

**Alicia se puso en pie, asombrada**

Alice s-a ridicat în picioare, uimită

**¡Nunca antes había visto un conejo con chaleco!**

Nu mai văzuse niciodată un iepure cu vestă!

**¡Tampoco había visto nunca un conejo con reloj!**

nici nu văzuse vreodată un iepure cu ceas!

**Alicia ardía con una nueva curiosidad**

Alice ardea de o nouă curiozitate

**y corrió por el campo tras el Conejo**

și a alergat pe câmp după Iepure

**Llegó justo a tiempo para ver desaparecer al conejo**

A fost exact la timp să vadă iepurele dispărând

**El conejo saltó a una gran madriguera**

iepurele a sărit într-o gaură mare de iepure

**¡En otro momento, Alicia bajó detrás del conejo!**

Într-o clipă, Alice a coborât după iepure!

**La madriguera del conejo seguía recto como un túnel**

Gaura iepurelui a mers drept ca un tunel

**Y el túnel siguió avanzando a cierta distancia**

și tunelul a continuat să meargă pe o anumită distanță

**Y entonces el camino de repente se hundió**

și apoi cărarea s-a scufundat brusc

**Alicia no tuvo ni un momento para pensar en detenerse**

Alice nu a avut nici o clipă să se gândească să se oprească

**Se encontró a sí misma cayendo y abajo y abajo**

s-a trezit căzând și în jos și în jos

**Parecía como si hubiera caído en un pozo muy profundo**

părea că a căzut într-o fântână foarte adâncă

**O el pozo era muy profundo, o ella caía muy lentamente**

Fie fântâna era foarte adâncă, fie cădea foarte încet

**porque tenía tiempo de sobra para caer**
pentru că a avut suficient timp să cadă
**Mientras caía, podía mirar a su alrededor**
în timp ce cădea, se putea uita în jur
**Primero, trató de averiguar a dónde iba**
Mai întâi, a încercat să-și dea seama unde se îndreaptă
**Pero el pozo estaba demasiado oscuro para ver nada**
dar fântâna era prea întunecată pentru a vedea ceva
**Luego miró a los lados del pozo**
apoi s-a uitat la marginea fântânii
**Y se dio cuenta de que había armarios a su alrededor**
și a observat că erau dulapuri peste tot în jurul ei
**y alrededor del pozo había estanterías de libros**
și peste tot în fântână erau rafturi de cărți
**Aquí y allá veía mapas y cuadros colgados de perchas**
ici și colo a văzut hărți și tablouri atârnate de cuie
**Al pasar, bajó un frasco de una de las estanterías**
A scos un borcan de pe unul dintre rafturi în timp ce trecea
**El frasco estaba etiquetado por su contenido**
Borcanul a fost etichetat pentru conținutul său
**"MERMELADA DE NARANJAS"**
"MARMELADĂ DIN PORTOCALE"
**Pero, para su gran decepción, el frasco de mermelada estaba vacío**
dar, spre marea ei dezamăgire, borcanul de marmeladă era gol
**No quería dejar caer el tarro de mermelada vacío**
nu voia să scape borcanul gol de marmeladă
**y su caída fue muy lenta**
și căderea ei a fost foarte lentă
**Así que se las arregló para poner el frasco de mermelada en uno de los armarios**
așa că a reușit să pună borcanul de marmeladă într-unul dintre dulapuri
**¡Abajo, abajo, abajo, ella cae!**
Jos, jos, jos ea cade!
**¿Llegaría alguna vez la caída a su fin?**
Va lua vreodată sfârșit toamna?

**No había nada más que hacer**

Nu era nimic altceva de făcut

**así que Alicia pronto empezó a hablar consigo misma**

aşa că Alice a început curând să vorbească cu ea însăşi

**—¡Dinah me echará mucho de menos esta noche, creo!**

— Dinah o să-i fie foarte dor de mine în seara asta, cred!

**Dinah era la gata de Alicia**

Dinah era pisica lui Alice

**"Espero que se acuerden de su plato de leche a la hora del té"**

— Sper că îşi vor aminti farfuria ei cu lapte la ora ceaiului.

**—¡Dinah, querida, desearía que estuvieras aquí abajo
conmigo!**

"Dinah, draga mea, aş vrea să fii aici jos cu mine!"

**Alicia sintió que se estaba quedando dormida**

Alice simţea că moţăie

**Y de repente, ¡pum! ¡golpe!**

şi apoi, dintr-o dată, lovitură! Bătaie!

**Cayó sobre un montón de palos**

A căzut pe o grămadă de beţe

**y aterrizó sobre un montón de hojas secas**

şi a aterizat pe o grămadă de frunze uscate

**Y finalmente la larga caída por el agujero había terminado**

şi în cele din urmă căderea lungă în gaură s-a terminat

**Alicia no estaba herida en lo más mínimo**

Alice nu a fost deloc rănită

**Y se levantó de un salto en un momento**

şi a sărit în sus într-o clipă

**Alzó la vista, pero todo estaba oscuro sobre su cabeza**

Ea s-a uitat în sus, dar totul era întuneric deasupra capului

**Frente a ella había otro largo pasillo**

În faţa ei era un alt coridor lung

**y el Conejo Blanco seguía a la vista**

iar Iepurele Alb era încă la vedere

**Corría por el pasillo**

se grăbea pe coridor

**No había un momento que perder**

Nu era nici un moment de pierdut

**Alicia salió corriendo como el viento**
Alice a fugit ca vântul
**A la vuelta de la esquina giró el conejo**
după colţ s-a întors iepurele
**Llegó justo a tiempo para oír al conejo**
A fost exact la timp să audă iepurele
**"Oh, mis orejas y bigotes"**
"Oh, urechile şi mustăţile mele"
**"¡Qué tarde se está haciendo!"**
"Cât de târziu se face!"
**Estaba muy cerca del conejo**
Era aproape în spatele iepurelui
**Dobló otra esquina**
S-a întors după un alt colţ
**pero el Conejo ya no se dejaba ver**
dar Iepurele nu mai era de văzut
**Se encontró en un pasillo largo y bajo**
S-a trezit într-o sală lungă şi joasă
**La sala estaba iluminada por una hilera de lámparas de techo**
Sala era luminată de un rând de lămpi de tavan
**Había puertas por todo el pasillo**
Erau uşi peste tot în hol
**pero todas las puertas estaban cerradas con llave**
dar toate uşile erau încuiate
**Caminó por un lado del pasillo**
A mers pe o parte a holului
**Y ella había caminado todo el camino hasta el otro lado de la sala**
şi a mers până la cealaltă parte a sălii
**Había intentado todas las puertas**
încercase fiecare uşă
**Y caminó tristemente por el centro del pasillo**
şi a mers tristă în mijlocul holului
**"¿Cómo voy a volver a salir?"**
"Cum voi mai ieşi vreodată?"

**De repente se encontró con una mesita**
Deodată a dat peste o măsuță
**La mesa estaba hecha completamente de vidrio macizo**
masa era făcută în întregime din sticlă solidă
**No había nada sobre la mesa, excepto una pequeña llave dorada**
Nu era nimic pe masă decât o cheie mică de aur
**¡La llave podría pertenecer a una de las puertas!**
cheia ar putea aparține uneia dintre uși!
**Pero, ¡ay! Algunas de las cerraduras eran demasiado grandes para las llaves**
dar, vai! unele dintre încuietori erau prea mari pentru chei
**y para las otras cerraduras la llave era demasiado pequeña**
iar pentru celelalte încuietori cheia era prea mică
**Pero, en cualquier caso, la llave no abrió ninguna de las puertas**
dar, în orice caz, cheia nu a deschis nici una dintre uși
**Pero, ¿qué iba a hacer ella?**
dar ce trebuia să facă?
**Volvió a atravesar el pasillo**
A trecut din nou prin hol
**Y esta vez se fijó en una cortina baja**
și de data aceasta a observat o perdea joasă

**Detrás de la cortina había una puertecita**
în spatele cortinei era o uşă mică
**La puerta tenía unos quince centímetros de alto**
uşa avea aproximativ cincisprezece centimetri înălţime
**Probó la pequeña llave dorada en la cerradura**
A încercat cheia de aur din încuietoare
**Y para su gran deleite, ¡la llave encajó en la cerradura!**
şi spre marea ei încântare, cheia a încăput în încuietoare!
**Alicia abrió la puerta**
Alice a deschis uşa
**Y encontró que la puerta daba a un pequeño pasillo**
şi a găsit uşa care ducea într-un mic coridor
**El corredor no era mucho más grande que una madriguera de ratas**
Coridorul nu era cu mult mai mare decât o gaură de şobolan
**Se arrodilló y miró a lo largo del pasillo**
A îngenuncheat şi s-a uitat de-a lungul coridorului
**Y ella vio el jardín más hermoso que jamás hayas visto**
şi a văzut cea mai frumoasă grădină pe care ai văzut-o vreodată
**¡Cómo anhelaba salir de ese oscuro salón**
cât de mult tânjea să iasă din acea sală întunecată
**cómo quería vagar entre esas flores brillantes**
cum voia să rătăcească printre acele flori strălucitoare
**¡Qué genial se veían esas fuentes**
Cât de răcoritoare arătau acele fântâni
**Pero ni siquiera podía meter la cabeza por la puerta**
dar nici măcar nu putea să-şi scoată capul prin uşă
**-¡Oh! -exclamó Alicia con tristeza-**
— Oh, spuse Alice cu tristeţe
**"¡Cómo desearía poder plegarme como un telescopio!"**
"cât de mult aş vrea să mă pot plia ca un telescop!"
**"Creo que podría plegarme como un telescopio"**
"Cred că aş putea să mă pliez ca un telescop"
**"Si supiera cómo empezar"**
"Dacă aş şti cum să încep"
**Alicia volvió a la mesa**

Alice s-a întors la masă
**Existía la posibilidad de encontrar otra llave**
exista șansa de a găsi o altă cheie
**O podría haber un libro de reglas**
sau ar putea exista o carte de reguli
**El libro podría decirle cómo plegarse como un telescopio**
cartea i-ar putea spune cum să se plieze ca un telescop
**Esta vez encontró una botellita**
De data aceasta a găsit o sticlă mică
**—Esta botella no estaba aquí antes —dijo Alicia—**
— Cu siguranță că sticla asta nu mai fusese aici, spuse Alice
**y atada alrededor del cuello de la botella había una etiqueta de papel**
și legată în jurul gâtului sticlei era o etichetă de hârtie
**La etiqueta estaba bellamente impresa en letras grandes**
eticheta era frumos imprimată cu litere mari
**"BÉBEME"**
"BEA-ME"
**—No, miraré primero —dijo ella—**
"Nu, mă voi uita mai întâi", a spus ea
**"Veré si la botella está marcada como venenosa o no"**
"Voi vedea dacă sticla este marcată ca otrăvitoare sau nu."
**porque nunca olvidó la lección sobre el veneno**
pentru că nu a uitat niciodată lecția despre otravă
**"Si una botella está etiquetada como venenosa, es probable que no esté de acuerdo contigo"**
"Dacă o sticlă este etichetată ca otrăvitoare, este obligat să nu fie de acord cu tine"
**Sin embargo, esta botella no estaba marcada como venenosa**
Cu toate acestea, această sticlă nu a fost marcată ca otrăvitoare
**así que Alicia se aventuró a probar el contenido de la botella**
așa că Alice a îndrăznit să guste conținutul sticlei
**Encontró el líquido bastante de su agrado**
A găsit lichidul pe placul ei
**La bebida tenía una especie de sabor mezclado**
băutura avea un fel de aromă mixtă
**tarta de cerezas, natillas y piña**

tartă de cireşe, cremă şi ananas
**Pavo asado, caramelo y tostadas con mantequilla caliente**
curcan prăjit, caramel şi pâine prăjită cu unt fierbinte
**Y pronto acabó la botella**
şi curând a terminat sticla
**-¡Qué sensación tan curiosa! -exclamó Alicia-**
— Ce sentiment ciudat! spuse Alice
**"¡Me estoy pliegando como un telescopio!"**
"Mă pliez ca un telescop!"
**¡Y se estaba pliegando como un telescopio!**
Şi se plia ca un telescop într-adevăr!
**Ahora solo medía diez pulgadas de alto**
Acum avea doar zece centimetri înălţime
**y su rostro se iluminó con sus pensamientos**
şi faţa i s-a luminat la gânduri
**Ahora ella tenía el tamaño adecuado para la pequeña puerta**
acum avea dimensiunea potrivită pentru uşa mică
**Ahora podía entrar en ese hermoso jardín**
acum putea intra în acea grădină minunată
**Pronto dejó de hacerse más pequeña**
Curând a încetat să mai micşoreze
**Decidió ir al jardín de inmediato**
S-a hotărât să meargă imediat în grădină
**pero, ¡ay de la pobre Alicia!**
dar, vai de biata Alice!
**Llegó a la puerta**
a ajuns la uşă
**Pero había olvidado la pequeña llave de oro**
dar uitase cheia de aur
**Volvió a la mesa en busca de la llave**
s-a întors la masă după cheie
**Pero se dio cuenta de que no podía llegar lo suficientemente alto**
dar ea a descoperit că nu poate ajunge suficient de sus
**Podía ver la llave claramente a través del cristal**
putea vedea cheia destul de clar prin geam
**Trató de trepar por las patas de la mesa**

a încercat să se caţere pe picioarele mesei
**Pero el cristal era demasiado resbaladizo**
dar paharul era mult prea alunecos
**Con el tiempo se cansó de intentarlo**
În cele din urmă s-a obosit încercând
**Y la pobre niña se sentó y lloró**
şi biata fetiţă s-a aşezat şi a plâns
**Alicia se habló a sí misma con bastante brusquedad**
Alice a vorbit cu ea însăşi destul de aspru
**"¡Vamos, no sirve de nada llorar así!"**
"Hai, nu are rost să plângi aşa!"
**"¡Te aconsejo que te detengas ahora mismo!"**
"Te sfătuiesc să te opreşti chiar acum!"
**En general, se daba muy buenos consejos**
În general, îşi dădea sfaturi foarte bune
**aunque muy rara vez seguía sus propios consejos**
deşi foarte rar şi-a urmat propriul sfat
**Y a veces era demasiado dura consigo misma**
şi uneori era prea aspră cu ea însăşi
**y sus palabras hicieron que se le llenaran los ojos de lágrimas**
şi cuvintele ei i-au adus lacrimi în ochi
**Pronto sus ojos se posaron en una cajita de cristal**
Curând ochii ei au căzut pe o cutie mică de sticlă
**La cajita de cristal estaba debajo de la mesa**
cutia de sticlă zăcea sub masă
**En la caja de cristal había un pastel muy pequeño**
În cutia de sticlă era o prăjitură foarte mică
**En el pastel, algunas palabras estaban bellamente escritas**
Pe tort erau scrise frumos câteva cuvinte
**Las palabras habían sido marcadas con grosellas**
cuvintele fuseseră marcate cu coacăze
**"CÓMEME"**
"MĂNÂNCĂ-ME"
**—Bueno, me comeré el pastel —dijo Alicia—**
"Ei bine, voi mânca tortul", a spus Alice
**"y si el pastel me hace crecer, puedo llegar a la llave"**

"și dacă tortul mă face să cresc mai mare, pot ajunge la cheie"

**"y si el pastel me hace más pequeño, puedo arrastrarme por debajo de la puerta"**

"și dacă tortul mă face să devin mai mic, mă pot strecura pe sub ușă"

**"así que de cualquier manera me meteré en el jardín"**

"așa că oricum voi intra în grădină"

**"¡Y no me importa cuál de los dos suceda!"**

"și nu-mi pasă care dintre cele două se întâmplă!"

**Se comió un pedacito del pastel**

A mâncat puțin din tort

**Y se habló a sí misma con ansiedad:**

și își spuse neliniștită:

**—¿De qué manera? ¿Hacia dónde?**

"În ce direcție? În ce direcție?"

**Y se llevó la mano a la cabeza**

și și-a ținut mâna pe cap

**Quería sentir de qué manera estaba creciendo**

Voia să simtă în ce direcție crește

**Se sorprendió bastante al descubrir lo que había sucedido**

A fost destul de surprinsă să afle ce s-a întâmplat

**¡Había permanecido del mismo tamaño!**

rămăsese la aceeași dimensiune!

**Así que esta vez redobló sus esfuerzos**

așa că de data aceasta și-a dublat eforturile

**Y pronto terminó todo el pastel**

și curând a terminat tot tortul

Balta de lacrimi

-¡Esto se está poniendo cada vez más interesante! -exclamó
Alicia-

— Devine din ce în ce mai interesant! strigă Alice

**Se puede ver que estaba muy sorprendida**
Puteți vedea că a fost foarte surprinsă

**"¡Me estoy abriendo como el telescopio más grande que
jamás haya existido!"**
"Mă deschid ca cel mai mare telescop care a existat vreodată!"

**—¡Adiós, pies! ¡Oh, mis pobres piecitos!**
"La revedere, picioare! Oh, sărmanele mele picioare"

**"Me pregunto quién se pondrá sus zapatos por ustedes
ahora, queridos".**
"Mă întreb cine vă va pune pantofii acum, dragilor?"

**—¿Y me pregunto quién se pondrá las medias?**
și mă întreb cine îți va pune ciorapii?

**"Estaré demasiado lejos"**
"Voi fi mult prea departe"

**"No podré preocuparme más por ti"**
"Nu mă voi mai putea deranja pentru tine"

**Justo en ese momento su cabeza golpeó contra algo**
Chiar în acel moment capul ei s-a lovit de ceva

**Había llegado al techo de la sala**
ajunsese pe acoperișul sălii

**De hecho, ahora medía más de dos metros de altura**
de fapt, acum avea mai mult de doi metri înălțime

**Y al instante tomó la pequeña llave de oro**
și a luat imediat cheia mică de aur

**Y se apresuró a llegar a la puerta del jardín**
și s-a grăbit să ajungă la ușa grădinii

**¡Pobre Alicia! No había mucho que pudiera hacer**
Biata Alice! Nu putea face mare lucru

**Se acostó de lado**
S-a întins într-o parte

**Y miró al jardín con un ojo**
și s-a uitat prin grădină cu un ochi

**Pero salir adelante era más desesperado que nunca**
dar să treci era mai fără speranță ca niciodată
**Se sentó y comenzó a llorar de nuevo**
S-a așezat și a început să plângă din nou
**Siguió derramando galones de lágrimas**
A continuat să verse litri de lacrimi
**Pronto había un gran estanque a su alrededor**
curând a fost o piscină mare în jurul ei
**Y el agua llegaba hasta la mitad del pasillo**
și apa a ajuns la jumătatea holului
**Al cabo de un rato, oyó un pequeño golpeteo de pies**
După un timp, a auzit un mic zgomot de picioare
**Oyó los pasos que venían de lejos**
a auzit picioarele venind de la distanță
**Y se secó los ojos apresuradamente para ver lo que venía**
și și-a uscat în grabă ochii să vadă ce urmează
**Era el Conejo Blanco que regresaba**
Era Iepurele Alb care se întorcea
**Iba espléndidamente vestido**
era îmbrăcat splendid
**Tenía un par de guantes blancos en una mano**
Avea o pereche de mănuși albe într-o mână
**y tenía un gran abanico de plumas en la otra mano**
și avea un evantai mare de pene în cealaltă mână
**Llegó trotando a toda prisa**
A venit la trap în mare grabă
**y murmuró para sí: "¡Oh! ¡La duquesa, la duquesa!**
și a murmurat în sinea sa: "Oh! ducesa, ducesa!"
**—¡Oh! ¡No será salvaje si la he hecho esperar!**
"Oh! nu va fi sălbatică dacă am lăsat-o să aștepte!"

**Cuando el Conejo se acercó a ella, Alicia habló**
Când Iepurele s-a apropiat de ea, Alice a vorbit
**Pero ella hablaba en voz baja y tímida**
dar vorbea cu o voce joasă și timidă
**"Señor, por favor, deje de hacer lo que está haciendo por un momento"**
"Domnule, vă rog să opriți ceea ce faceți pentru o clipă"
**El Conejo se sobresaltó violentamente**
Iepurele a tresărit violent
**Dejó caer los guantes blancos y el abanico de plumas**
A scăpat mănușile albe și evantaiul cu pene
**Y se escabulló en la oscuridad lo más rápido que pudo**
și a fugit în întuneric cât de repede a putut
**Alicia recogió el abanico de plumas y los guantes**
Alice a luat evantaiul de pene și mănușile
**Y no paraba de abanicarse mientras seguía hablando**
și se tot evantaia în timp ce continua să vorbească
**"¡Querido, querido! ¡Qué extraño es todo hoy!"**
"Dragă, dragă! Cât de ciudat este totul astăzi!"
**"Ayer las cosas siguieron como siempre"**
"Ieri lucrurile au mers ca de obicei"
**—¿Era yo el mismo cuando me levanté esta mañana?**
"Am fost la fel când m-am trezit azi dimineață?"
**"Pero si no soy el mismo, hay otra cuestión"**

"Dar dacă nu sunt la fel, există o altă întrebare"

**"¿Quién demonios soy yo?"**

"Cine naiba sunt eu?"

**"¡Ah, ese es el gran rompecabezas!"**

"Ah, asta e marea enigmă!"

**Al decir esto, se miró las manos**

În timp ce spunea asta, s-a uitat în jos la mâinile ei

**Llevaba uno de los Conejos, gusanos blancos**

purta una dintre mănușile albe ale iepurelui

**No se había dado cuenta de que se había puesto el guante mientras hablaba**

Nu observase că își punea mănușa în timp ce vorbea

**"¿Cómo pude haber hecho eso?", pensó**

"Cum am putut face asta?" se gândi ea

**"Debo estar haciéndome pequeño otra vez"**

"Trebuie să devin mic din nou"

**Se levantó y se acercó a la mesa para medir su altura**

S-a ridicat și s-a dus la masă să-și măsoare înălțimea

**Descubrió que ahora medía aproximadamente medio metro de altura**

A descoperit că acum avea aproximativ jumătate de metru înălțime

**Y ella seguía encogiéndose rápidamente**

și ea încă se micșorează rapid

**Pronto descubrió cuál era la causa del encogimiento**

Curând a aflat care a fost cauza micșorării

**¡El abanico de plumas la estaba haciendo más pequeña de nuevo!**

Evantaiul cu pene o făcea din nou mai mică!

**Y dejó caer el abanico de plumas apresuradamente**

și a scăpat în grabă evantaiul de pene

**Dejó caer el abanico de plumas justo a tiempo para salvarse**

A scăpat evantaiul de pene exact la timp pentru a se salva

**Si se hubiera abanicado por más tiempo, se habría encogido por completo**

dacă s-ar fi mai evantaiat, s-ar fi retras complet

**-¡Ha sido una fuga por los pelos! -dijo Alicia-**

— A fost o scăpare la limită! spuse Alice

**Y se asustó mucho ante el cambio repentino**

și era destul de speriată de schimbarea bruscă

**pero estaba muy contenta de encontrarse todavía en existencia**

dar era foarte bucuroasă să se afle încă în existență

**—¡Y ahora, al jardín!**

"Şi acum, la grădină!"

**Y corrió a toda prisa hacia la puertecita**

Şi a alergat cu toată viteza înapoi la ușa mică

**Pero, ¡ay! La puertecita se cerró de nuevo**

dar, vai! ușa mică s-a închis din nou

**Y la pequeña llave de oro volvía a estar sobre la mesa de cristal**

și cheia mică de aur zăcea din nou pe masa de sticlă

**"Las cosas están peor que nunca", pensó el pobre niño**

"Lucrurile sunt mai rele ca niciodată", se gândi bietul copil

**"Nunca antes había sido tan pequeño como esto, ¡nunca!"**

"Niciodată nu am fost atât de mică ca asta, niciodată!"

**Al decir estas palabras, su pie resbaló**

În timp ce spunea aceste cuvinte, piciorul îi alunecă

**¡Y en otro momento hubo un gran chapoteo!**

și într-o altă clipă s-a făcut o mare stropire!

**Estaba sumergida en agua salada hasta la barbilla**

era până la bărbie în apă sărată

**Su primera idea fue que de alguna manera había caído al mar**

Prima ei idee a fost că a căzut cumva în mare

**Sin embargo, pronto se dio cuenta de en qué estaba metida**

Cu toate acestea, şi-a dat seama curând în ce se afla

**Estaba en un charco de lágrimas**

era într-o baltă de lacrimi

**las lágrimas que había llorado cuando tenía dos metros de altura**

lacrimile pe care le plânsese când avea doi metri înălțime

**Justo en ese momento escuchó algo**

Chiar atunci a auzit ceva

**Algo chapoteaba en la piscina**

ceva se bălăcea în piscină

**El chapoteo venía de un poco más lejos**

Stropirea venea de la mică distanță

**Y se acercó nadando para ver qué era el chapoteo**

și a înotat mai aproape să vadă ce stropește

**Pronto vio que era solo un ratoncito**

Curând a văzut că era doar un șoarece mic

**El ratoncito también se había metido en el agua**

șoarecele alunecat și el în apă

**Alicia pensó para sí misma sobre la situación**

Alice s-a gândit la situație

**—¿Serviría de algo hablar con este ratón?**

— Ar fi de vreun folos să vorbesc cu șoarecele ăsta?

**"Aquí todo está tan al revés"**

"Totul este atât de răsturnat aici jos"

**"Creo que es muy probable que este ratón pueda hablar"**

"Cred că foarte probabil acest șoarece poate vorbi"

"En cualquier caso, no hay nada de malo en intentarlo"
"În orice caz, nu este rău să încerci"
**Así que empezó a tratar de hablar con el ratón**
Așa că a început să încerce să vorbească cu șoarecele
**"Oh Ratón, ¿conoces la forma de salir de esta piscina?"**
"Oh, șoarece, știi cum să ieși din această piscină?"
**—¡Estoy muy cansado de nadar por aquí, oh ratón!**
"M-am săturat foarte mult să înot pe aici, Oh Mouse!"
**El ratón la miró con curiosidad**
Șoarecele s-a uitat la ea destul de curios
**El ratón parecía guiñar un ojo con uno de sus ojitos**
șoarecele părea să clipească cu unul dintre ochii săi mici
**Pero el ratoncito no dijo nada**
dar micul șoarece nu a spus nimic
**"A lo mejor el ratón no entiende inglés", pensó Alicia**
"Poate că șoarecele nu înțelege engleza", se gândi Alice
**"Me atrevo a decir que es un ratón francés"**
"Îndrăznesc să spun că este un șoarece franțuzesc"
**"tal vez este ratón vino con Guillermo el Conquistador"**
"poate că acest șoarece a venit cu William Cuceritorul"
**Así que empezó de nuevo, en francés**
Așa că a început din nou, în franceză
**"¿Dónde está mi gato?", preguntó en francés**
"Unde este pisica mea?" a întrebat ea în franceză
**era la primera frase de su libro de clases de francés**
era prima propoziție din cartea ei de lecții de franceză
**El Ratón dio un súbito salto fuera del agua**
Șoarecele a făcut un salt brusc din apă
**y el ratón pareció temblar de miedo**
iar șoarecele părea să tremure de frică
**-¡Oh, le ruego que me perdone! -exclamó Alicia**
**apresuradamente-**
— Oh, vă cer iertare! strigă Alice în grabă
**Temía haber herido los sentimientos del pobre animal**
Se temea că a rănit sentimentele bietului animal
**"Olvidé que no te gustaban los gatos"**
"Am uitat că nu-ți plac pisicile"

—¡No me gustan los gatos! —exclamó el ratón con voz estridente y apasionada—

"Nu-mi plac pisicile!" a strigat Șoarecele cu o voce stridentă și pasională

—¿Te gustaría tener gatos, si fueras yo?

"Ți-ar plăcea pisicile, dacă ai fi în locul meu?"

**Alicia consoló al ratón en un tono tranquilizador**

Alice a mângâiat șoarecele pe un ton liniștitor

**"Bueno, tal vez a mí tampoco me gustarían los gatos si fuera tú"**

"Ei bine, poate că nici mie nu mi-ar plăcea pisicile dacă aș fi în locul tău"

**"Por favor, no te enfades por la mención de los gatos"**

"Vă rog să nu vă supărați pentru menționarea pisicilor"

**"Y, sin embargo, desearía poder mostrarte a nuestra gata Dinah"**

"Și totuși aș vrea să-ți pot arăta pisica noastră Dinah"

**"Si la conocieras, creo que te encapricharías de los gatos"**

"Dacă ai întâlni-o, cred că ți-ar plăcea pisicile"

**"Si tan solo pudieras verla"**

"Dacă ai putea să o vezi"

**"Es una cosa tan querida y tranquila"**

"Este o ființă atât de dragă și tăcută"

**El ratón temblaba por todas partes**

Șoarecele tremura peste tot

**Alicia estaba segura de que el ratón debía de estar realmente ofendido**

Alice era sigură că șoarecele trebuie să fie cu adevărat jignit

**"No hablaremos más de ella, si prefieres no hacerlo"**

"Nu vom mai vorbi despre ea, dacă preferi să nu"

**-¡Nosotros, en efecto! -exclamó el Ratón-**

"Noi, într-adevăr!" a strigat Șoarecele

**El ratón temblaba hasta la punta de la cola**

șoarecele tremura până la capătul cozii

**—¡Como si fuera a hablar de un tema así!**

— Ca și cum aș vorbi despre un astfel de subiect!

**"Nuestra familia siempre odió a los gatos"**

"Familia noastră a urât întotdeauna pisicile"
**"Gatos; ¡Cosas desagradables, bajas, vulgares!"**
"pisici; lucruri urâte, josnice, vulgare!"
**"¡No dejes que vuelva a escuchar el nombre!"**
"Nu mă lăsa să aud numele din nou!"
**-¡No volveré a hablar de los gatos! -dijo Alicia-**
— Nu voi mai pomeni pisici, într-adevăr, spuse Alice
**Tenía mucha prisa por cambiar de tema**
Se grăbea să schimbe subiectul
**"¿Eres tú... ¿Te gustan los perros?**
"Ești... Îți plac câinii?"
**"Hay un perrito tan simpático cerca de nuestra casa"**
"E un cățeluș atât de drăguț lângă casa noastră."
**—¡Me gustaría enseñarte el perrito!**
"Aș vrea să-ți arăt cățelușul!"
**"Este perrito mata a todas las ratas y...**
"Acest cățeluș ucide toți șobolanii și..."
**-¡Oh, querida! -exclamó Alicia en tono triste-**
— Oh, dragă! strigă Alice pe un ton trist
**"¡Me temo que te he ofendido de nuevo!"**
"Mi-e teamă că te-am jignit din nou!"
**El ratón se alejaba nadando de ella tan rápido como podía**
șoarecele se îndepărta de ea cât de repede putea
**y el ratón hizo un gran alboroto en la piscina**
iar șoarecele a făcut o mare agitație în piscină
**Así que llamó suavemente al ratón**
Așa că a strigat încet după șoarece
**"¡Mi querido ratón, por favor vuelve!"**
"Dragul meu șoarece, te rog să te întorci!"
**"Y no hablaremos de gatos"**
"Și nu vom vorbi despre pisici"
**"Y tampoco tenemos que hablar de perros"**
"Și nici nu trebuie să vorbim despre câini"
**Cuando el ratón escuchó esto, se dio la vuelta**
Când șoarecele a auzit asta, s-a întors
**Y el ratoncito nadó lentamente de regreso a ella**
și șoarecele a înotat încet înapoi la ea

**La cara del ratón estaba bastante pálida**
fața șoarecelui era destul de palidă
**Y el ratón habló, en voz baja y temblorosa**
și șoarecele a vorbit cu o voce joasă și tremurândă
**"Vamos a la orilla"**
"Să ajungem la țărm"
**"y luego te contaré mi historia"**
"și apoi îți voi spune istoria mea"
**"y entenderás por qué odio a los gatos y a los perros"**
"și vei înțelege de ce urăsc pisicile și câinii"
**Ya era hora de partir**
Era timpul să plec
**porque la piscina se estaba llenando bastante**
pentru că piscina devenea destul de aglomerată
**Otros pájaros y animales habían caído en el estanque**
alte păsări și animale căzuseră în piscină
**había un pato y un dodo**
erau o rață și un dodo
**y había un pájaro lori y un aguilucho**
și mai era o pasăre Lory și un vultur
**Y había varias otras criaturas de aspecto interesante**
și mai erau câteva creaturi interesante
**Alicia abrió el camino para salir de la piscina**
Alice a condus calea de ieșire din piscină
**Y todo el grupo de animales nadó hasta la orilla**
și întregul grup de animale a înotat până la țărm

**Una carrera de caucus y una larga cola**

O cursă de caucus și o coadă lungă

**De hecho, eran un grupo de animales de aspecto gracioso**

Erau într-adevăr o grămadă de animale cu aspect amuzant

**Y todos se reunieron a la orilla del agua**

și s-au adunat cu toții pe malul apei

**Todos los pájaros tenían las plumas desaliñadas**

toate păsările aveau pene zdrobite

**y los animales peludos estaban empapados**

iar animalele blănoase erau ude

**y todos estaban empapados, molestos e incómodos**

și toate erau ude, enervate și incomode

**Había una pregunta que había que responder primero**

A existat o întrebare la care trebuia să se răspundă mai întâi

**¿Cuál es la mejor manera de que todos se sequen?**

Care este cel mai bun mod pentru toată lumea de a se usca?

**Tuvieron una consulta sobre este asunto**

Au avut o consultare pe această temă

**Pronto todos se sintieron en términos familiares**

curând au fost cu toții în relații familiare

**Era como si los conociera de toda la vida**
Era ca şi cum i-ar fi cunoscut toată viaţa
**El ratón parecía ser una persona de cierta autoridad**
şoarecele părea a fi o persoană cu o anumită autoritate
**"¡Siéntense todos y escúchenme!**
"Aşezaţi-vă, cu toţii, şi ascultaţi-mă!
**"¡Pronto los volveré a secar!"**
"În curând vă voi usca din nou pe toţi!"
**Se sentaron todos a la vez, en un gran círculo**
S-au aşezat cu toţii deodată, într-un inel mare
**y el ratoncito se sentó en el medio**
şi şoarecele stătea în mijloc
**—¡Ejem! —dijo el ratón con aire importante—**
"Ahem!" a spus şoarecele cu un aer important
**"¿Están todos listos?"**
"Sunteţi cu toţii gata?"
**"Esto es lo más seco que conozco"**
"Acesta este cel mai uscat lucru pe care îl cunosc"
**—¡Silencio por todas partes, por favor!**
"Tăcere peste tot, te rog!"
**"Guillermo el Conquistador fue favorecido por el Papa"**
"William Cuceritorul a fost favorizat de papă"
**"pero pronto fue sometido por los ingleses"**
"dar în curând a fost supus de englezi"
**"Últimamente querían líderes"**
"Au vrut lideri în ultima vreme"
**"Y se habían acostumbrado al poder y a la conquista"**
"şi erau obişnuiţi cu puterea şi cucerirea"
**"Edwin y Morcar, los condes de Mercia y Northumbria"**
"Edwin şi Morcar, conţii de Mercia şi Northumbria"
**—¡Uf! —exclamó el pájaro lori con un escalofrío—**
"Ugh!" a spus pasărea lori, cu un fior
**"e incluso Stigand, el patriota arzobispo de Canterbury"**
"şi chiar Stigand, arhiepiscopul patriot de Canterbury"
**"A él también le pareció aconsejable"**
"De asemenea, i s-a părut recomandabil"
**-¿Qué le pareció aconsejable? -dijo el pato-**

"Ce i s-a părut de cuviință?" a spus rața
—Le pareció aconsejable —replicó el ratón con cierto
enfado—
"I s-a părut recomandabil", a răspuns șoarecele destul de
supărat
Pero el pato no estaba satisfecho
dar rața nu era mulțumită
"Por supuesto, ya sabes lo que significa"
"Desigur, știi ce înseamnă "asta"
—Sé lo que es cuando encuentro una cosa —dijo el pato—
"Știu ce înseamnă când găsesc ceva", a spus rața
"Generalmente es una rana o un gusano"
"În general, este o broască sau un vierme"
"La pregunta es, ¿qué encontró el arzobispo?"
"Întrebarea este, ce a găsit arhiepiscopul?"
El ratón no se dio cuenta de esta pregunta
Mouse-ul nu a observat această întrebare
En cambio, el ratón continuó apresuradamente con el
discurso
În schimb, șoarecele a continuat în grabă cu discursul
"le pareció aconsejable ir con Edgar Atheling"
"i s-a părut recomandabil să meargă cu Edgar Atheling"
"para encontrarme con Guillermo y ofrecerle la corona"
"pentru a-l întâlni pe William și a-i oferi coroana"
el ratón continuó, volviéndose hacia Alicia mientras hablaba
șoarecele a continuat, întorcându-se spre Alice în timp ce
vorbea
—¿Cómo te va ahora, querida?
"Cum te descurci acum, draga mea?"
—Tan mojado como siempre —dijo Alicia en tono
melancólico—
— La fel de ud ca întotdeauna, spuse Alice pe un ton
melancolic
"Esta historia no parece que me seque en absoluto"
"Această poveste nu pare să mă usuce deloc"
—En ese caso —dijo solemnemente el dodo, poniéndose en
pie—

"În acest caz", a spus dodo solemn, ridicându-se în picioare
**"Voto que se levante la sesión"**
"Votez ca ședința să fie amânată"
**"y propongo la adopción inmediata de remedios más enérgicos"**
"și propun adoptarea imediată a remediilor mai energice"
**—¡Di palabras de verdad! —dijo el aguilucho—**
"Spune cuvinte adevărate!" a spus vulturul
**"No conozco el significado de la mitad de esas palabras largas"**
"Nu știu semnificația a jumătate din acele cuvinte lungi"
**—¡Y, lo que es más, tampoco creo que tú lo sepas!**
și, mai mult, nu cred că știi nici tu!
**—Lo que iba a decir —dijo el dodo en tono ofendido—**
"Ce aveam de gând să spun", a spus dodo-ul pe un ton ofensat
**"Lo mejor para deshacernos sería una contienda electoral"**
"Cel mai bun lucru pentru a ne usca ar fi o cursă de caucus"
**—¿Qué es una contienda electoral? —preguntó Alicia**
— Ce este o cursă de caucus? întrebă Alice

**—Bueno —dijo el dodo—, la mejor manera de explicarlo es hacerlo.**

"Ei bine", a spus dodo-ul, "cel mai bun mod de a explica este să o faci"

**"Primero el dodo trazó un hipódromo"**

"Mai întâi dodo a marcat un hipodrom"

**"La pista estaba en una especie de círculo"**

"Pista era într-un fel de cerc"

**"Y luego todo el grupo se colocó a lo largo del recorrido"**

"Și apoi tot grupul a fost așezat de-a lungul traseului"

**No hubo "¡Uno, dos, tres y fuera!"**

Nu a fost "Unu, doi, trei și departe!"

**pero empezaron a correr cuando quisieron**

dar au început să alerge când au vrut

**Y también terminaban cuando querían**

și au terminat și când au vrut

**Así que no era fácil saber cuándo había terminado la carrera**

așa că nu a fost ușor să știi când s-a terminat cursa

**Después de media hora más o menos de correr, todos estaban bastante secos**

După aproximativ o jumătate de oră de alergare, toate erau destul de uscate

**el dodo gritó de repente: "¡La carrera ha terminado!"**

dodo a strigat brusc: "Cursa s-a terminat!"

**Y todos se agolparon alrededor del dodo**

și toți s-au înghesuit în jurul dodo-ului

**Todos los animales jadeaban y resoplaban**

toate animalele gâfâiau și pufăiau

**y todos querían saber: "¿Pero quién ha ganado?"**

și toți au vrut să știe: "Dar cine a câștigat?"

**El dodo no pudo responder de inmediato a esta pregunta**

La această întrebare dodo-ul nu a putut răspunde imediat

**Primero tuvo que pensar mucho**

Mai întâi a trebuit să se gândească mult

**Después de pensarlo mucho, el Dodo finalmente habló**

După ce s-a gândit mult, Dodo a vorbit în sfârșit

**"Todos han ganado y todos deben tener premios"**

"Toată lumea a câştigat şi toţi trebuie să aibă premii"

**"¿Pero quién va a dar los premios?", preguntó un coro de voces**

"Dar cine va da premiile?" a întrebat un cor de voci

**—Bueno, ella, por supuesto —dijo el dodo—**

"Ei bine, ea, desigur", a spus dodo

**y el dodo señaló con un dedo a Alicia**

iar dodo a arătat cu un deget către Alice

**y todo el grupo de animales se agolpó a su alrededor**

şi întregul grup de animale s-a înghesuit în jurul ei

**gritaron, de manera confusa: "¡Premios! ¡Premios!"**

ei au strigat, într-un mod confuz: "Premii! Premii!"

**Alicia no tenía ni idea de qué hacer**

Alice habar n-avea ce să facă

**Desesperada, se metió la mano en el bolsillo**

disperată, şi-a băgat mâna în buzunar

**Y sacó una caja de dulces**

şi a scos o cutie de dulciuri

**Por suerte, el agua salada no había entrado en la caja**

Din fericire, apa sărată nu a intrat în cutie

**Y repartió los dulces como premios**

şi a dat dulciurile ca premii

**Había exactamente una pieza para todos**

Era exact o piesă pentru toată lumea

**Lo siguiente que tenían que hacer era comer los dulces**

Următorul lucru pe care trebuiau să-l facă era să mănânce dulciurile

**Esto causó algo de ruido y confusión**

Acest lucru a provocat zgomot şi confuzie

**Los grandes pájaros se quejaban de que no podían saborear sus dulces**

Păsările mari se plângeau că nu le pot gusta dulciurile

**Los pequeños se ahogaron y hubo que darles palmaditas en la espalda**

Cei mici s-au sufocat şi au trebuit să fie bătuţi pe spate

**Sin embargo, al fin se acabó**

Cu toate acestea, s-a terminat în sfârşit

**y se sentaron de nuevo en un anillo**
și s-au așezat din nou într-un inel
**Y le rogaron al ratón que les dijera algo más**
și l-au implorat pe șoarece să le mai spună ceva
**—Prometiste contarme tu historia, ¿sabes? —dijo Alicia—**
— Mi-ai promis să-mi spui istoria ta, știi, spuse Alice
**E hizo otro pequeño comentario sobre los gatos en un susurro**
și a mai făcut o mică remarcă despre pisici în șoaptă
**No quería volver a ofender al ratón**
Nu voia să-l jignească din nou pe șoarece
**el ratoncito se volvió hacia Alicia y suspiró**
șoarecele s-a întors spre Alice și a oftat
**—¡La mía es una larga y triste historia!**
"A mea este o poveste lungă și tristă!"
**—Es una cola larga, sin duda —dijo Alicia—**
— E o coadă lungă, cu siguranță, spuse Alice
**Y miró con asombro la cola del ratón**
și s-a uitat cu uimire la coada șoarecelui
**—¿Pero por qué le llamas cola triste?**
"Dar de ce o numești o coadă tristă?"
**Y ella seguía desconcertada al respecto mientras el ratón hablaba**
Și a continuat să se întrebe despre asta în timp ce șoarecele vorbea
**de modo que su idea del cuento era más o menos así**
așa că ideea ei despre poveste era cam așa

                    "Fury said to
                 a mouse, That
                    he met in the
                       house, 'Let
                        us both go
                        to law: *I*
                        will prosecute
                        *you.—*
                        Come, I'll
                         take no denial:
                        We must have
                       the trial;
                      For really
                 this morning
             I've
             nothing
             to do.'
                 Said the
                    mouse to
                       the cur,
                        'Such a
                          trial, dear
                            sir, With
                              no jury
                                or judge,
                                would
                                be wasting
                                 our
                              breath.'
                         'I'll be
                       judge,
                   I'll be
                jury,'
             said
             cunning
               old
                 Fury;
                   'I'll
                    try
                      the
                        whole
                          cause,
                          and
                          condemn
                      you to
             death.'"

**Furia le dijo a un ratón: "Que se encontró en la casa"**

Furia i-a spus unui şoarece că s-a întâlnit în casă"

**Vayamos los dos a la ley: yo te procesaré**

Să mergem amândoi în justiţie: te voi judeca

**Vamos, no aceptaré ninguna negación: debemos tener el juicio**

Hai, nu voi nega: trebuie să avem procesul

**Porque realmente esta mañana no tengo nada que hacer**

Căci într-adevăr în această dimineaţă nu am nimic de făcut

**Dijo el ratón al cur;**

A spus șoarecele curului;
**Un juicio así, querido señor, sin jurado ni juez, sería una pérdida de aliento**
Un astfel de proces, dragă domn, fără juriu sau judecător, ne-ar pierde răsuflarea
**—Seré juez, seré jurado —dijo el astuto viejo Fury—**
— Voi fi judecător, voi fi jurat, spuse bătrânul viclean Fury
**Juzgaré toda la causa y te condenaré a muerte**
Voi judeca întreaga cauză și te voi condamna la moarte
**el ratón le habló severamente a Alicia**
șoarecele i-a vorbit sever lui Alice
**"¡No estás prestando atención!"**
"Nu ești atent!"
**—¿En qué estás pensando?**
"La ce te gândești?"
**—Le ruego que me perdone —dijo Alicia muy humildemente—**
— Vă cer iertare, spuse Alice foarte umilă
**—¿Habías llegado a la quinta curva, creo?**
— Ai ajuns la a cincea curbă, cred?
**"¡Me insultas diciendo tales tonterías!"**
"Mă insulti spunând astfel de prostii!"
**Y el ratón se levantó y se alejó**
și șoarecele s-a ridicat și a plecat
**Alicia llamó al ratoncito**
Alice a strigat după șoarecele mic
**"¡Por favor, regresa y termina tu historia!"**
"Vă rog să vă întoarceți și să vă terminați povestea!"
**Y todos los demás se unieron a coro**
Și ceilalți s-au alăturat în cor
**"¡Sí, por favor, termine su historia!"**
"Da, te rog să-ți termini povestea!"
**Pero el ratón se limitó a negar con la cabeza con impaciencia**
Dar șoarecele doar a clătinat din cap cu nerăbdare
**Y el ratoncito caminó un poco más rápido**
și șoarecele a mers puțin mai repede
**—¡Ojalá tuviera aquí a Dinah, nuestra gata! —dijo Alicia—**

— Aş vrea să o am pe Dinah, pisica noastră, aici! spuse Alice
**Esto causó una notable sensación entre el grupo**
Acest lucru a provocat o senzaţie remarcabilă în rândul partidului
**Algunos de los pájaros se apresuraron a huir de inmediato**
Unele dintre păsări s-au grăbit să plece imediat
**y un canario gritó con voz temblorosa a sus hijos;**
şi un canar a strigat cu voce tremurândă către copiii săi;
**—¡Váyanse, queridos míos!**
"Pleacă, dragii mei!"
**"¡Ya es hora de que estén todos en la cama!"**
"E timpul să fiţi cu toţii în pat!"
**Con varias excusas se fueron todos**
Cu diverse scuze au plecat cu toţii
**y Alicia no tardó en quedarse sola**
şi Alice a rămas curând singură
**—¡Ojalá no hubiera mencionado a Dinah!**
"Mi-aş fi dorit să nu fi menţionat-o pe Dinah!"
**"Parece que a nadie le gusta aquí abajo"**
"Nimănui nu pare să-i placă aici jos"
**—¡Pero estoy seguro de que es la mejor gata del mundo!**
dar sunt sigură că e cea mai bună pisică din lume!
**La pobre Alicia se echó a llorar de nuevo**
Biata Alice a început să plângă din nou
**porque se sentía muy sola y desanimada**
pentru că se simţea foarte singură şi deprimată
**Al cabo de un rato, sin embargo, volvió a oír algo**
După puţin timp, însă, a auzit din nou ceva
**un pequeño golpeteo de pasos a lo lejos**
un mic zgomot de paşi în depărtare
**Y ella miró hacia arriba ansiosamente**
şi ea şi-a ridicat privirea cu nerăbdare

## El conejo manda al pequeño Sr. Bill
### Iepurele îl trimite pe micul domn Bill

**Era el conejo blanco, que volvía trotando lentamente**
Era iepurele alb, trăgând încet înapoi
**Miraba a su alrededor ansiosamente mientras se alejaba**
se uita în jur cu nerăbdare în timp ce mergea
**Parecía como si hubiera perdido algo**
Părea că ar fi pierdut ceva
**Alicia le oyó murmurar para sí misma**
Alice l-a auzit mormăind în sinea sa
—**¡La duquesa! ¡La duquesa! ¡Oh, mis queridas patas!**
"Ducesa! Ducesa! Oh, dragile mele labele!"
—**¡Oh, mi pelo y mis bigotes!**
"Oh, blana și mustățile mele!"
**"Ella hará que me ejecuten, estoy seguro de eso"**
"Mă va executa, sunt sigur de asta"
—**¡Tan cierto como que los hurones son hurones!**
"La fel de sigur ca dihorii sunt dihorii!"
**"¿Dónde puedo haber dejado mis cosas, me pregunto?"**
"Unde aş fi putut să-mi arunc lucrurile, mă întreb?"

**Alicia adivinó en un momento lo que estaba buscando**
Alice a ghicit într-o clipă ce căuta
**Buscaba el abanico de plumas**
Căuta evantaiul cu pene
**Y buscaba el par de guantes blancos**
și căuta perechea de mănuși albe
**Así que ella, muy bondadosamente, comenzó a buscar los guantes**
așa că a început să caute mănușile
**Y también buscó el abanico de plumas**
și a căutat și evantaiul cu pene
**Pero los guantes y el abanico de plumas no se veían por ninguna parte**
dar mănușile și evantaiul de pene nu se vedeau nicăieri
**Todo parecía haber cambiado desde que se bañó en la piscina**
Totul părea să se fi schimbat de când a înotat în piscină
**Nada era igual desde que estaba en el Gran Salón**
Nimic nu mai era la fel de când fusese în sala mare
**y la mesa de cristal había desaparecido**
și masa de sticlă dispăruse
**Y la puertecita tampoco estaba allí**
și nici ușa mică nu era acolo
**Muy pronto el conejo se fijó en Alicia**
Foarte curând iepurele a observat-o pe Alice
**—la llamó en tono airado**
El a strigat-o pe un ton furios
**—Mary Ann, ¿qué haces aquí?**
"Mary Ann, ce faci aici?"
**"Corre a casa en este momento"**
"Fugi acasă în acest moment"
**—¡Y tráeme un par de guantes y un abanico de plumas!**
"Și aduceți-mi o pereche de mănuși și un evantai de pene!"
**—¡Y date prisa!**
"Și grăbește-te!"
**Alicia se habló a sí misma mientras salía corriendo**
Alice a vorbit cu ea însăși în timp ce fugea

**—¡Debe de haberme confundido con su criada!**

"Probabil că m-a confundat cu menajera lui!"

**"¡Qué sorpresa se quedará cuando se entere de quién soy!"**

"Cât de surprins va fi când va afla cine sunt!"

**Al decir esto, se encontró con una casita pulcra**

În timp ce spunea acestea, a dat peste o căsuță îngrijită

**En la puerta de la casa había una placa de bronce brillante**

pe ușa casei era o placă de alamă strălucitoare

**"W. CONEJO"**

"W. IEPURE"

**Entró sin llamar a la puerta**

A intrat fără să bată la ușă

**Y se apresuró a subir las escaleras**

și s-a grăbit să urce la etaj

**le preocupaba conocer a la verdadera Mary Ann**

se temea că ar putea să o întâlnească pe adevărata Mary Ann

**porque entonces la echarían de la casa**

pentru că atunci ar fi fost dată afară din casă

**Y no sería capaz de encontrar el abanico de plumas y los guantes**

și nu ar fi putut găsi evantaiul și mănușile

**Alicia había encontrado el camino hacia una pequeña habitación ordenada**

Alice își găsise drumul într-o cameră mică și ordonată

**En la habitación había una mesa junto a la ventana**

În cameră era o masă lângă fereastră

**y sobre la mesa había un abanico de plumas**

și pe masă era un evantai de pene

**Y había dos o tres pares de diminutos guantes blancos**

și erau două sau trei perechi de mănuși albe mici

**Cogió el abanico de plumas y un par de guantes**

A luat evantaiul cu pene și o pereche de mănuși

**Y estaba a punto de salir de la habitación**

și tocmai era pe cale să părăsească camera

**Pero entonces sus ojos se posaron en una botellita**

dar apoi ochii i-au căzut pe o sticlă mică

**Descorchó la botella y se la llevó a los labios**

A desfăcut sticla și și-a dus-o la buze
**"Espero que me haga crecer de nuevo"**
"Sper că mă va face să cresc din nou"
**"¡Estoy cansada de ser una cosita tan pequeña!"**
"M-am săturat să fiu un lucru atât de mic!"
**Alicia apenas se había bebido la mitad de la botella**
Alice abia băuse jumătate din sticlă
**Su cabeza ya estaba presionada contra el techo**
capul îi apăsa deja de tavan
**Y tuvo que agacharse**
și a trebuit să se aplece
**para salvar su cuello de ser roto**
pentru a-i salva gâtul de la rupere
**Dejó apresuradamente la botella**
Ea a lăsat în grabă sticla jos
**"Con eso basta"**
"E destul"
**"Espero no crecer más"**
"Sper să nu mai cresc"
**¡Ay! ¡Era demasiado tarde para desearlo!**
Din păcate! Era prea târziu pentru a-și dori asta!
**Ella siguió creciendo y creciendo**
A continuat să crească și să crească
**y muy pronto tuvo que arrodillarse en el suelo**
și foarte curând a trebuit să îngenuncheze pe podea
**Y aun así siguió creciendo**
și chiar și atunci a continuat să crească
**Como último recurso, sacó un brazo por la ventana**
ca ultimă resursă, a scos un braț pe fereastră
**Y metió un pie por la chimenea**
și a pus un picior pe horn
**"Ahora no puedo hacer más, pase lo que pase"**
"Acum nu mai pot face nimic, orice s-ar întâmpla"
**—¿Qué será de mí?**
"Ce se va întâmpla cu mine?"

**Alicia tuvo un poco de suerte**
Alice a avut un pic de noroc
**La pequeña botella mágica había tenido todo su efecto**
Mica sticlă magică îşi făcuse efectul deplin
**y Alicia no creció más de lo que era**
iar Alice nu a crescut mai mare decât era
**Al cabo de unos minutos oyó una voz en el exterior**
După câteva minute, a auzit o voce afară
**Y se detuvo a escuchar la voz**
şi s-a oprit să asculte vocea
**—¡María Ana! ¡Mary Ann! -dijo la voz-**
"Mary Ann! Mary Ann!" a spus vocea
**"¡Tráeme mis guantes en este momento!"**
"Aduceţi-mi mănuşile acum!"
**Luego se oyó un pequeño golpeteo de pies en la escalera**
Apoi a venit un mic zgomot de picioare pe scări
**Alicia supo que era el conejo que venía a buscarla**
Alice ştia că iepurele venea să o caute
**Y tembló hasta hacer temblar la casa**

și a tremurat până a zguduit casa
**Se olvidó por completo de sus proporciones**
a uitat cu totul care erau proporțiile ei
**Era mil veces más grande que el conejo**
Era de o mie de ori mai mare decât iepurele
**Y no tenía por qué temer a un conejo**
și nu avea niciun motiv să-i fie frică de un iepure
**De pronto, el conejo se acercó a la puerta**
În curând, iepurele se apropie de ușă
**Y el conejito trató de abrir la puerta**
și iepurașul a încercat să deschidă ușa
**La puerta comenzó a abrirse hacia adentro**
ușa a început să se deschidă spre interior
**pero el codo de Alicia estaba apretado con fuerza contra la puerta**
dar cotul lui Alice era lipit puternic de ușă
**Ese intento resultó un fracaso**
Această încercare s-a dovedit a fi un eșec
**Alicia oyó que el conejo se hablaba a sí mismo**
Alice a auzit iepurele vorbind singur
**"Entonces daré la vuelta y entraré por la ventana"**
"Atunci mă voi întoarce și voi intra pe fereastră"
**«¡Que no lo harás!», pensó Alicia**
"Că nu o vei face!" se gândi Alice
**Y volvió a esperar un poco**
și a așteptat din nou puțin
**Pronto oyó al conejo justo debajo de la ventana**
Curând a auzit iepurele chiar sub fereastră
**De repente extendió la mano**
Și-a întins brusc mâna
**Y ella hizo un arrebato en el aire**
și a făcut o smulgere în aer
**No se apoderó de nada**
Nu a pus mâna pe nimic
**Pero oyó un pequeño alarido y una caída**
dar a auzit un mic țipăt și o cădere
**Y oyó el estrépito de cristales rotos**

și a auzit o prăbușire de sticlă spartă
**Tal vez el conejo se había caído**
poate că iepurele căzuse
**Tal vez estaba en un invernadero**
poate că era într-o seră
**Luego se oyó una voz airada; La voz del conejo**
Apoi a venit o voce furioasă; Vocea iepurelui
**"Pat, ¿dónde estás?"**
"Pat, unde ești?"
**Y entonces llegó una voz que nunca antes había oído**
Și apoi a venit o voce pe care nu o mai auzise până atunci
**"¡Su señoría, estoy aquí!"**
"Onoarea voastră, sunt aici!"
**"Estoy cavando en busca de manzanas"**
"Caut mere"
**"¡Aquí! ¡Ven y ayúdame a salir de esto!"**
"Aici! Vino și ajută-mă să ies din asta!"
**—Ahora dime, Pat, ¿qué es eso que hay en la ventana?**
"Acum spune-mi, Pat, ce e asta în fereastră?"
**"Claro, su señoría, se lo diré"**
"Sigur, onoarea voastră, vă voi spune"
**"¡Es un brazo que está en la ventana!"**
"Este un braț care este în fereastră!"
**"Bueno, un brazo no tiene nada que hacer allí"**
"Ei bine, un braț nu are ce căuta acolo"
**"¡Ve y quítate el brazo!"**
"Du-te și ia brațul!"
**Hubo un largo silencio después de esto**
După aceea s-a făcut o lungă tăcere
**y Alicia sólo podía oír susurros de vez en cuando**
iar Alice nu auzea decât șoapte din când în când
**Y, por fin, volvió a extender la mano**
și în cele din urmă și-a întins din nou mâna
**Y ella hizo otro arrebato en el aire**
și a făcut o altă smulgere în aer
**Esta vez hubo dos pequeños chillidos**
De data aceasta s-au auzit două țipete mici

**y se escucharon más sonidos de vidrios rotos**
și au fost mai multe sunete de sticlă spartă
**«¡Me pregunto qué harán ahora!», pensó Alicia**
"Mă întreb ce vor face în continuare!" se gândi Alice
**"Ojalá me sacaran por la ventana"**
"Mi-aș dori să mă scoată pe fereastră"
**Esperó un buen rato**
A așteptat ceva timp
**Pero durante un rato no oyó nada más**
dar pentru o vreme nu a mai auzit nimic
**Por fin se oyó el estruendo de unas ruedas**
În cele din urmă s-a auzit un vuiet de roți mici
**Y se oyó el sonido de muchas voces**
și s-a auzit sunetul multor voci
**Todas las voces hablaban al unísono**
toate vocile vorbeau împreună
**Pudo distinguir algunas de las palabras**
A putut distinge unele dintre cuvinte
**—¿Dónde está la otra escalera?**
"Unde este cealaltă scară?"
**"Bill tiene la otra escalera"**
"Bill are cealaltă scară"
**"¡Bill, ven aquí!"**
"Bill, vino aici!"
**—¿Soportará el techo la carga?**
"Va suporta acoperișul povara?"
**—¿Quién quiere bajar por la chimenea?**
"Cine vrea să coboare pe horn?"
**—¡No, no lo haré! ¡Tú lo haces!"**
— Nu, nu o voi face! O faci!"
**—¡Aquí, Bill!**
— Uite, Bill!
**"¡El maestro dice que tienes que bajar por la chimenea!"**
"Stăpânul spune că trebuie să cobori pe horn!"
**Alicia arrastró el pie por la chimenea todo lo que pudo**
Alice și-a tras piciorul cât de mult a putut pe horn
**Y luego esperó a ver lo que venía**

și apoi a așteptat să vadă ce urmează
**Escuchó a un animalito arañar y revolver**
A auzit un animal mic zgâriindu-se și zgâriindu-se
**El animalito debe estar en la chimenea**
micul animal trebuie să fie în coș
**Luego dio una fuerte patada**
apoi a dat o lovitură puternică
**Y esperó a ver qué pasaría después**
și a așteptat să vadă ce se va întâmpla în continuare
**Oyó un coro general de voces**
a auzit un cor general de voci
**"¡Ahí va Bill!", dijeron todos**
"Iată-l pe Bill!" au spus cu toții
**Entonces oyó solo la voz del conejo**
apoi a auzit vocea iepurelui singură
**"¡Tú por el seto, atrápalo!"**
— Tu de gard viu, prinde-l!
**Hubo otro momento de silencio**
A mai fost un moment de reculegere
**Y entonces hubo otra confusión de voces**
și apoi a fost o altă confuzie de voci
**"Levanta la cabeza, Brandy"**
"Ridică-i capul, Brandy"
**"Ten cuidado de no asfixiarlo"**
"ai grijă să nu-l sufoci"
**—¿Qué te pasó?**
"Ce s-a întâmplat cu tine?"
**Por último, llegó una vocecita débil y chillona**
Ultima a venit o voce slabă și scârțâitoare
**"Bueno, ya casi no sé"**
"Ei bine, abia știu mai multe"
**"Gracias a todos, ahora estoy mejor"**
"Mulțumesc tuturor, sunt mai bine acum"
**"Hay una cosa que puedo recordar"**
"Îmi amintesc un lucru"
**"Algo viene hacia mí como un tren en un túnel"**
"Ceva vine spre mine ca un tren într-un tunel"

"¡Y vuelo hacia arriba como un cohete!"
"și zbor în sus ca o rachetă!"
**Hubo uno o dos minutos de silencio**
A fost un minut sau două de tăcere
**Y entonces empezaron a moverse de nuevo**
și apoi au început să se miște din nou
**y Alicia oyó hablar de nuevo al Conejo**
și Alice l-a auzit pe iepure vorbind din nou
**"Un túmulo servirá, para empezar"**
"Un tumul va fi de ajuns, pentru început"
**«¿Un túmulo lleno de qué?», pensó Alicia**
"Un tumul de ce?" se gândi Alice
**Pero no la mantuvieron en suspenso por mucho tiempo**
Dar nu a fost ținută în suspans mult timp
**Una lluvia de guijarros entró por la ventana**
O ploaie de pietricele a intrat pe fereastră
**Y algunas de las piedrecitas le golpearon en la cara**
și unele pietricele au lovit-o în față
**Alicia se sorprendió por los guijarros**
Alice a fost surprinsă de pietricelele mici
**Todos los guijarros se estaban convirtiendo en pasteles**
toate pietricelele mici se transformau în prăjituri
**Y una idea brillante se le ocurrió**
și o idee strălucită i-a venit în cap
**"Debería comerme uno de estos pasteles"**
"Ar trebui să mănânc una din prăjiturile astea"
**"El pastel seguramente hará algún cambio en mi tamaño"**
"Tortul va face cu siguranță o schimbare în dimensiunea mea"
**Así que se tragó uno de los pasteles**
Așa că a înghițit una dintre prăjituri
**Y se alegró al descubrir que empezaba a encogerse**
și a fost încântată să afle că a început să se micșoreze
**Pronto fue lo suficientemente pequeña como para pasar por la puerta**
curând a fost suficient de mică pentru a intra pe ușă
**Salió corriendo de la casa**
a fugit din casă

**Una multitud de animalitos y pájaros esperaban afuera**
o mulțime de animale mici și păsări așteptau afară
**todos los pajaritos y animales se abalanzaron sobre Alicia**
toate păsările și animalele s-au repezit asupra lui Alice
**Pero ella huyó lo más rápido que pudo**
dar a fugit cât de repede a putut
**Y pronto se encontró a salvo en un espeso bosque**
și curând s-a trezit în siguranță într-o pădure deasă
**Alicia vagaba por el bosque**
Alice rătăcea prin pădure
**Y pensó para sí misma:**
și se gândi:
**"Sé lo que tengo que hacer primero"**
"Știu ce trebuie să fac mai întâi"
**"Primero tengo que volver a crecer hasta el tamaño adecuado"**
"mai întâi trebuie să cresc din nou la dimensiunea potrivită"
**"Y luego tengo que encontrar mi camino hacia ese hermoso jardín"**
"și apoi trebuie să-mi găsesc drumul în acea grădină minunată"
**"Supongo que debería comer o beber una cosa u otra"**
"Presupun că ar trebui să mănânc sau să beau ceva sau altceva"
**"Pero la pregunta es ¿qué debo comer o beber?"**
"dar întrebarea este ce ar trebui să mănânc sau să beau?"
**Alicia miró a su alrededor las flores**
Alice s-a uitat în jur la flori
**Y miró a través de las briznas de hierba**
și s-a uitat printre firele de iarbă
**pero no podía ver nada de comer ni de beber**
dar nu putea vedea nimic de mâncare sau de băut
**Nada parecía ser lo adecuado para comer o beber**
Nimic nu părea a fi corect de mâncat sau de băut
**Había un gran hongo creciendo cerca de ella**
Era o ciupercă mare care creștea lângă ea
**el hongo tenía aproximadamente la misma altura que Alicia**

ciuperca avea aproximativ aceeaşi înălţime ca Alice
**Se estiró de puntillas**
S-a întins pe vârfuri
**Y se asomó por el borde del hongo**
şi s-a uitat peste marginea ciupercii
**Sus ojos se encontraron inmediatamente con los ojos de una gran oruga azul**
Ochii ei s-au întâlnit imediat cu ochii unei omizi albastre mari
**La oruga estaba sentada en la parte superior del hongo**
omida stătea deasupra ciupercii
**y la oruga se había cruzado de brazos**
iar omida îi încrucişase toate braţele
**Y estaba fumando tranquilamente una larga cachimba**
şi fuma în linişte o narghilea lungă
**y no hizo la menor atención a nada**
şi nu a băgat în seamă nimic
**y ciertamente no le prestó atención a Alicia**
şi cu siguranţă nu i-a acordat atenţie lui Alice

### Consejos de una oruga
#### Sfaturi de la o omidă

**Por fin, la oruga se quitó la pipa de la boca**
În cele din urmă, omida a scos narghilea din gură
**y se dirigió a Alicia con voz lánguida y soñolienta**
și i s-a adresat lui Alice cu o voce lânguitoare și somnoroasă
**—¿Quién eres? —preguntó la oruga**
"Cine ești?" a spus omida

**Alicia respondió, con cierta timidez: "No lo sé, señor"**
Alice a răspuns, destul de timidă: "Abia știu, domnule"
**"Justo en este momento está todo un poco..."**
"Tocmai în acest moment totul este un pic..."
**"Sé quién era cuando me levanté esta mañana"**
"Știu cine eram când m-am trezit azi dimineață"
**"pero creo que debo haber cambiado varias veces desde entonces"**
dar cred că m-am schimbat de mai multe ori de atunci.
**—¿Qué quieres decir con eso? —dijo la oruga—**
"Ce vrei să spui prin asta?" a spus omida
**Con severidad, la oruga le pidió que se explicara**

Omida i-a cerut să se explice

**—Me temo que no puedo explicarme, señor —dijo Alicia—**

— Nu pot să mă explic, mă tem, domnule, spuse Alice

**"porque no soy yo mismo"**

"pentru că nu sunt eu însumi"

**"Verás, tener tantos tamaños diferentes en un día es muy confuso"**

"Vezi, a fi atât de multe dimensiuni diferite într-o zi este foarte confuz"

**Se incorporó y dijo muy gravemente:**

Ea s-a ridicat și a spus foarte grav:

**"Creo que primero deberías decirme quién eres"**

"Cred că ar trebui să-mi spui cine ești, mai întâi"

**"¿Por qué?", dijo la oruga**

"De ce?" a spus omida

**Alicia no se le ocurría ninguna buena razón**

Alice nu se putea gândi la niciun motiv întemeiat

**Y la oruga parecía estar en un estado de ánimo muy desagradable**

iar omida părea să fie într-o stare de spirit foarte neplăcută

**Así que se dio la vuelta**

așa că s-a întors

**"¡Vuelve!", la oruga la llamó**

"Întoarce-te!" a strigat omida după ea

**"¡Tengo algo importante que decir!"**

"Am ceva important de spus!"

**Alicia se dio la vuelta y volvió otra vez**

Alice s-a întors și s-a întors din nou

**—Mantén la calma —dijo la oruga—**

"Păstrează-ți cumpătul", a spus omida

**-¿Eso es todo? -preguntó Alicia**

— Asta e tot? spuse Alice

**Y se tragó su rabia lo mejor que pudo**

și și-a înghițit furia cât de bine a putut

**—No —dijo la oruga—**

"Nu", a spus omida

**La oruga desplegó sus brazos**

omida şi-a desfăcut braţele
**Y volvió a sacarse la pipa de la boca**
şi şi-a scos din nou narghilea din gură
**y él dijo: "Así que Ud. piensa que Ud. ha cambiado,
¿verdad?"**
şi el a spus: "Deci crezi că te-ai schimbat, nu-i aşa?"
**—Me temo, he cambiado, señor —dijo Alicia—**
— Mi-e teamă, m-am schimbat, domnule, spuse Alice
**"No puedo recordar las cosas como solía recordarlas"**
"Nu-mi amintesc lucrurile aşa cum îmi amintesc înainte"
**"¡Y no me quedo del mismo tamaño por más de diez
minutos!"**
"Şi nu stau la aceeaşi dimensiune mai mult de zece minute!"
**"¿Qué tamaño quieres tener?", preguntó la oruga**
"Ce mărime vrei să ai?" a întrebat omida
**—Oh, no me importa especialmente el tamaño que tenga —
respondió Alicia apresuradamente—**
"Oh, nu mă deranjează în mod deosebit ce mărime am", a
răspuns Alice în grabă
**"Simplemente no me gusta cambiar de tamaño tan a
menudo, ya sabes"**
"Pur şi simplu nu-mi place să schimb dimensiunea atât de des,
ştii"
**"Me gustaría ser un poco más grande, señor"**
"Aş vrea să fiu puţin mai mare, domnule"
**—Si no te importa —añadió Alicia—**
— Dacă nu te-ar deranja, adăugă Alice
**"Diez centímetros es una altura tan miserable para ser"**
"Zece centimetri este o înălţime atât de mizerabilă"
**-¡Es una altura muy buena! -exclamó la oruga con rabia-**
"Este într-adevăr o înălţime foarte bună!" a spus omida
furioasă
**Y se irguió mientras hablaba**
şi s-a ridicat drept în timp ce vorbea
**Medía exactamente diez centímetros de alto**
avea exact zece centimetri înălţime
**En uno o dos minutos, la oruga bajó del hongo**

Într-un minut sau două, omida a coborât de pe ciupercă
**Y se arrastró por la hierba**
şi s-a târât în iarbă
**Al alejarse, hizo algunas pequeñas observaciones**
Când a plecat, a făcut câteva mici remarci
**"Un lado te hará crecer más alto"**
"O parte te va face să creşti mai înalt"
**"Y el otro lado te hará acortar"**
"Şi cealaltă parte te va face să devii mai scurt"
**«¿Un lado de qué?», pensó Alicia para sí misma**
"O parte a ce?" se gândi Alice în sinea ei
**—¿El otro lado de qué?**
"Cealaltă parte a a ce?"
**—El costado del hongo —dijo la oruga—**
"partea laterală a ciupercii", a spus omida
**Era como si hubiera hecho su pregunta en voz alta**
Era ca şi cum şi-ar fi pus întrebarea cu voce tare
**Y en otro momento, se perdió de vista**
şi într-o altă clipă, a dispărut din vedere
**Alicia se quedó mirando pensativa el hongo**
Alice a rămas uitându-se gânditoare la ciupercă
**Estaba tratando de distinguir cuáles eran los dos lados del hongo**
încerca să desluşească care erau cele două părţi ale ciupercii
**Por fin, estiró los brazos alrededor de la seta**
În cele din urmă şi-a întins braţele în jurul ciupercii
**Y rompió un poco los bordes**
şi a rupt o bucată din margini
**"Y ahora, ¿qué lado es cuál?", se dijo a sí misma**
"Şi acum, de ce parte este care?" şi-a spus ea
**Y mordisqueó un poco de la parte de la mano derecha**
şi a ciugulit puţin din partea dreaptă
**Al momento siguiente sintió un violento golpe debajo de la barbilla**
În clipa următoare a simţit o lovitură violentă sub bărbie
**¡Su barbilla había golpeado su pie!**
bărbia îi lovise piciorul!

**Estaba bastante asustada por este cambio tan repentino**
A fost destul de speriată de această schimbare foarte bruscă
**Se estaba encogiendo muy rápidamente**
se micșora foarte repede
**Así que rápidamente se comió un poco del otro trozo de champiñón**
așa că a mâncat repede o parte din cealaltă ciupercă
**Su barbilla estaba muy presionada contra su pie**
Bărbia îi era apăsată foarte strâns pe picior
**Apenas había espacio para abrir la boca**
abia mai era loc să-și deschidă gura
**Pero al fin logró abrir la boca**
dar în cele din urmă a reușit să deschidă gura
**Y tragó un bocado del pedazo de la mano izquierda**
și a înghițit o bucată din bucățica de mână stângă
**-¡Por fin me han liberado la cabeza! -exclamó Alicia-**
"Capul meu a fost în sfârșit eliberat!" a spus Alice
**Se miró a sí misma**
Ea s-a uitat în jos la ea
**Pero todo lo que podía ver era una inmensa longitud de cuello**
dar tot ce putea vedea era o lungime imensă a gâtului
**Su cuello parecía elevarse como un tallo**
gâtul ei părea să se ridice ca o tulpină
**Y miró hacia abajo sobre un mar de hojas verdes**
și s-a uitat în jos peste o mare de frunze verzi
**— ¿A dónde han llegado mis hombros?**
"Unde au ajuns umerii mei?"
**"Y oh, mis pobres manos, ¿cómo es que no puedo verte?"**
"Și oh, sărmanele mele mâini, cum se face că nu te pot vedea?"
**Pero su cuello tenía un beneficio**
Dar gâtul ei a avut un beneficiu
**Podía mover la cabeza en cualquier dirección**
își putea mișca capul în orice direcție
**De hecho, era como una serpiente**
de fapt, era ca un șarpe
**Ella zigzagueó con gracia con la cabeza hacia abajo**

Și-a zigzagat grațios capul în jos
**Y movió la cabeza entre los árboles**
și și-a mișcat capul printre copaci
**Pero entonces oyó un silbido agudo**
dar apoi a auzit un șuierat ascuțit
**Y rápidamente echó la cabeza hacia atrás**
și și-a tras repede capul înapoi
**Una gran paloma había volado hacia su cara**
un porumbel mare îi zburase în față
**y la paloma se agitó violentamente con sus alas**
iar porumbelul era violent cu aripile

**-¡Serpiente! -exclamó la paloma-**
"Şarpe!" a strigat porumbelul
**-¡No soy una serpiente! -exclamó Alicia indignada-**
— Nu sunt un şarpe! spuse Alice indignată
**"¡Déjame en paz!"**
"Lasă-mă în pace!"
**"He probado las raíces de los árboles"**
"Am încercat rădăcinile copacilor"
**—Y he probado setos —prosiguió la paloma—**
"şi am încercat garduri vii", a continuat porumbelul
**—¡Pero esas serpientes! ¡No hay forma de complacerlos!"**
"Dar acei şerpi! Nu le poţi mulţumi!"
**Alicia estaba cada vez más desconcertada**
Alice era din ce în ce mai nedumerită
**-Como si ya fuera bastante trabajo incubar los huevos -dijo la paloma-**
"Ca şi cum nu ar fi fost destul de greu să eclozăm ouăle", a spus porumbelul
**—¡De noche y de día también tengo que estar atento a las serpientes!**
"Noaptea şi ziua trebuie să am grijă şi de şerpi!"
**"Acababa de encontrar el árbol más alto del bosque"**
"Tocmai găsisem cel mai înalt copac din pădure"
**—¿Estaría libre de serpientes aquí?**
"Sigur că aş fi scăpat de şerpi aici?"
**"¡Y sale una serpiente del cielo!"**
"Şi iese un şarpe din cer!"
**-¡Pero yo no soy una serpiente, te lo aseguro! -dijo Alicia-**
— Dar nu sunt un şarpe, îţi spun! spuse Alice
**"Soy un... Soy un... Soy una niña —añadió con cierta duda—**
"Sunt un... Sunt un... Sunt o fetiţă, adăugă ea destul de îndoielnică
**Después de todo, había estado pasando por muchos cambios**
la urma urmei, trecuse prin o mulţime de schimbări
**—Estás buscando huevos —dijo la paloma—**
"Cauţi ouă", a spus porumbelul
**"Lo sé con certeza"**

"Ştiu asta cu siguranţă"

**—¿Y qué importa si eres una niña o una serpiente?**

"Şi ce contează dacă eşti o fetiţă sau un şarpe?"

**—A mí me importa mucho —dijo Alicia apresuradamente—**

— Contează foarte mult pentru mine, spuse Alice în grabă

**"pero no estoy buscando huevos, como suele ser"**

"dar nu caut ouă, aşa cum se întâmplă"

**"Y de todos modos no querría tus huevos"**

"şi oricum nu aş vrea ouăle tale"

**"No me gustan los huevos crudos"**

"Nu-mi plac ouăle mele crude"

**-¡Pues váyase! -dijo la paloma en tono malhumorado-**

"Ei bine, pleacă atunci!" a spus porumbelul pe un ton îmbufnat

**Y la paloma se instaló de nuevo en su nido**

şi porumbelul s-a aşezat din nou în cuibul său

**Alicia se agachó entre los árboles lo mejor que pudo**

Alice s-a ghemuit printre copaci cât de bine a putut

**Su cuello no dejaba de enredarse entre las ramas**

gâtul ei se încurca printre crengi

**De vez en cuando tenía que detenerse y desenroscar el cuello**

din când în când trebuia să se oprească şi să-şi desfacă gâtul

**Al cabo de un rato se acordó de la seta**

După un timp şi-a amintit ciuperca

**Todavía sostenía los trozos de hongo en sus manos**

Încă ţinea bucăţile de ciupercă în mâini

**Y se puso a trabajar con mucho cuidado**

şi s-a apucat de treabă cu mare grijă

**Primero mordisqueó una pieza**

Mai întâi a ciugulit One Piece

**Y luego mordisqueó la otra pieza**

şi apoi a ciugulit cealaltă bucată

**A veces crecía**

uneori creştea mai înaltă

**y a veces se acortaba**

şi uneori devenea mai scurtă

**pero finalmente alcanzó su altura habitual**

dar în cele din urmă şi-a atins înălţimea obişnuită

**Hacía tiempo que no era de su estatura**
nu mai avusese înălțimea ei de ceva vreme
**Así que todo se sintió extraño por un tiempo**
Așa că totul s-a simțit ciudat pentru o vreme
**"Lo siguiente que hay que hacer es entrar en ese hermoso jardín"**
"Următorul lucru de făcut este să intri în acea grădină frumoasă"
**— ¿Cómo se va a hacer eso, me pregunto?**
cum se poate face asta, mă întreb?
**Al decir esto, llegó a un lugar abierto**
În timp ce spunea acestea, a dat peste un loc deschis
**Había una casita, un poco más de un metro de altura**
era o căsuță, puțin mai înaltă de un metru
**"Me pregunto quién vive en esta casita"**
"Mă întreb cine locuiește în căsuța asta"
**"Ciertamente no puedo entrar tan grande como soy"**
"Cu siguranță nu pot intra la fel de mare cum sunt"
**— ¡Los asustaría terriblemente!**
"I-aș speria teribil!"
**Así que volvió a mordisquear el pequeño champiñón**
așa că a ciugulit din nou ciuperca mică
**Y pronto bajó treinta centímetros**
și curând s-a coborât treizeci de centimetri

**Un cerdo y un poco de pimienta**
Un porc şi nişte piper
**Durante uno o dos minutos se quedó mirando la casa**
Un minut sau două a stat uitându-se la casă
**De repente, un lacayo salió corriendo del bosque**
Dintr-o dată, un valet a ieşit în fugă din pădure
**Vestía un uniforme especial**
Purta o uniformă specială
**A juzgar solo por su rostro, ella lo habría llamado pez**
judecând doar după faţa lui, ea l-ar fi numit peşte
**Y golpeó fuertemente la puerta con los nudillos**
şi a bătut tare la uşă cu degetele
**La puerta fue abierta por otro lacayo**
uşa a fost deschisă de un alt valet
**Este lacayo también llevaba una librea especial**
şi acest valet purta o livree specială
**Este lacayo tenía una cara redonda y ojos grandes como los
de una rana**
Acest valet avea o faţă rotundă şi ochi mari ca o broască

**El lacayo, que parecía un pez, inició la ceremonia**
Valetul care arăta ca un peşte a iniţiat ceremonia
**Sacó algo de debajo de su brazo**
A scos ceva de sub braţ
**Y sacó de debajo del brazo un sobre**
şi a scos de sub braţ un plic
**Y este sobre se lo entregó al otro lacayo**
şi acest plic l-a înmânat celuilalt valet
**En tono ceremonioso le comunicó las órdenes**
Pe un ton ceremonios, i-a spus ordinele
**"Este mensaje es para la duquesa"**
"Acest mesaj este pentru ducesă"
**"Una invitación de la reina a jugar al croquet"**
"O invitaţie din partea reginei de a juca croquet"
**El lacayo, que parecía una rana, repitió la orden**
Valetul care arăta ca o broască a repetat ordinul
**"De la Reina"**
"De la regină"
**"Una invitación"**
"o invitaţie"
**"para la duquesa"**
"pentru ducesă"
**"Jugar al croquet"**
"jucând croquet"
**Entonces ambos se inclinaron profundamente**
Apoi amândoi s-au înclinat jos
**y los rizos de sus pelucas se enredaron**
şi buclele din perucile lor s-au încurcat
**Pronto el lacayo que parecía un pez se había ido**
curând valetul care arăta ca un peşte a dispărut
**Pero el lacayo que parecía una rana todavía estaba allí**
dar valetul care arăta ca o broască era încă acolo
**Estaba sentado en el suelo, cerca de la puerta**
stătea pe pământ lângă uşă
**Estaba mirando estúpidamente al cielo**
se uita stupid la cer
**Alicia se acercó tímidamente a la puerta y llamó**

Alice s-a dus timidă la uşă şi a bătut

**—Es inútil llamar a la puerta —dijo el lacayo—**

— N-are rost să baţi la uşă, spuse valetul

**"Y eso es por dos razones"**

"Şi asta din două motive"

**"Primero, porque estoy del mismo lado de la puerta que tú"**

"În primul rând, pentru că sunt de aceeaşi parte a uşii cu tine"

**"En segundo lugar, porque están haciendo mucho ruido
dentro"**

"În al doilea rând, pentru că fac atât de mult zgomot înăuntru"

**"Nadie podría escucharte"**

"Nimeni nu te-ar putea auzi"

**Y, ciertamente, había un ruido extraordinario en su interior**

Şi cu siguranţă se auzea un zgomot extraordinar înăuntru

**un aullido y estornudos constantes**

un urlet şi strănut constant

**y de vez en cuando se oye un gran estruendo**

şi din când în când un sunet de mare prăbuşire

**como si un plato o una tetera se hubieran roto en pedazos**

ca şi cum o farfurie sau un ceainic ar fi fost rupt în bucăţi

**-¿Cómo voy a entrar? -preguntó Alicia**

— Cum să intru? întrebă Alice

**—¿Deberías entrar? —dijo el lacayo—**

"Ar trebui să intri deloc?" a spus valetul

**"Esa es la primera pregunta, ya sabes"**

"Asta e prima întrebare, ştii"

**Alicia abrió la puerta y entró**

Alice a deschis uşa şi a intrat

**La puerta conducía directamente a una gran cocina**

Uşa ducea direct într-o bucătărie mare

**La cocina estaba llena de humo de un extremo a otro**

bucătăria era plină de fum de la un capăt la altul

**en medio de la cocina estaba la duquesa**

în mijlocul bucătăriei era ducesa

**Estaba sentada en un taburete de tres patas**

stătea pe un scaun cu trei picioare

**Y ella estaba amamantando a un bebé**

şi alăpta un copil
**El cocinero estaba inclinado sobre el fuego**
Bucătarul se apleca deasupra focului
**Estaba removiendo un gran caldero**
Agita un cazan mare
**y el caldero parecía estar lleno de sopa**
iar cazanul părea plin de supă
**"¡Ciertamente hay demasiada pimienta en esa sopa!" —se
dijo Alicia**
"Cu siguranţă este prea mult piper în supa asta!" Alice şi-a
spus
**Lo dijo lo mejor que pudo, sin estornudar**
A spus-o cât de bine a putut, fără să strănute
**Incluso la duquesa estornudaba de vez en cuando**
Chiar şi ducesa strănuta din când în când
**Pero las acciones del bebé fueron las más notables**
dar acţiunile copilului au fost cele mai notabile
**El bebé estornudaba y aullaba alternativamente**
bebeluşul strănuta şi urlă alternativ
**No hubo un momento de pausa entre aullidos y estornudos**
Nu a fost nici o clipă de pauză între urlete şi strănuturi
**Había dos criaturas en la cocina que no estornudaban**
Erau două creaturi în bucătărie care nu strănutau
**El cocinero estaba demasiado ocupado para estornudar**
Bucătarul era prea ocupat să strănute
**Y al gran gato no pareció importarle el pimiento**
iar pisica mare nu părea să se deranjeze de piper
**En cambio, el gran gato sonreía de oreja a oreja**
În schimb, pisica mare zâmbea de la ureche la ureche
**-Por favor, ¿podría decírmelo -dijo Alicia, un poco
tímidamente-**
— Te rog să-mi spui, spuse Alice, puţin timidă
**"¿Por qué tu gato sonríe así?"**
"De ce zâmbeşte pisica ta aşa?"
**-Es un gato de Cheshire -dijo la duquesa-**
— E o pisică Cheshire, spuse ducesa
**"Y por eso está sonriendo de oreja a oreja"**

"Şi de aceea zâmbeşte de la o ureche la alta"
**"No sabía que un gato de Cheshire siempre sonreía"**
"Nu ştiam că o pisică Cheshire zâmbeşte mereu"
**—De hecho, no sabía que los gatos podían sonreír —dijo Alicia—**
"De fapt, nu ştiam că pisicile pot zâmbi", a spus Alice
**-Hay muchas cosas que no sabes -dijo la duquesa-**
— Sunt multe lucruri pe care nu le ştii, spuse ducesa
**"Hay muchas cosas que no sabes y eso es un hecho"**
"Sunt multe lucruri pe care nu le ştii şi asta este un fapt"
**En ese momento, el cocinero retiró el caldero de sopa del fuego**
Chiar atunci bucătarul a scos cazanul de supă de pe foc
**Y en seguida se puso a tirar todo lo que estaba a su alcance**
şi imediat a început să arunce tot ce îi stă la îndemână
**arrojó todo lo que pudo a la duquesa y al bebé**
a aruncat tot ce a putut în ducesă şi în copil
**Primero arrojó los hierros de fuego**
Mai întâi a aruncat fiarele de călcat
**Luego tiró un puñado de cacerolas**
apoi a aruncat o mână de cratiţe
**y finalmente tiró los platos y las fuentes**
şi în cele din urmă a aruncat farfuriile şi vasele
**La duquesa no le hizo caso**
Ducesa nu a băgat-o în seamă
**Incluso cuando fue golpeada por un plato, no se preocupó**
Chiar şi atunci când a fost lovită de o farfurie, nu şi-a făcut griji
**El bebé ya estaba aullando tanto**
Copilul deja urlă atât de mult
**Así que era imposible decir si los golpes lastimaban al bebé o no**
aşa că era imposibil de spus dacă loviturile l-au rănit pe copil sau nu
**—¡Oh, por favor, ten cuidado con lo que estás haciendo! — exclamó Alicia—**
— Oh, te rog, ai grijă ce faci! strigă Alice

**Y saltaba de un lado a otro en una agonía de terror**
și a sărit în sus și în jos într-o agonie de groază
**la duquesa le ofreció a Alicia el bebé**
ducesa i-a oferit copilului lui Alice
**"¡Aquí! ¡Puedes amamantar un poco al bebé, si quieres!"**
"Aici! Poți alăpta puțin copilul, dacă vrei!"
**Y le arrojó al bebé mientras hablaba**
și a aruncat copilul spre ea în timp ce vorbea
**"Tengo que ir a prepararme para jugar al croquet con la reina"**
"Trebuie să merg și să mă pregătesc să joc crochet cu regina"
**Y se apresuró a salir de la habitación**
și ea s-a grăbit să iasă din cameră
**Alicia atrapó al bebé con cierta dificultad**
Alice a prins copilul cu oarecare dificultate
**porque era una criatura de forma muy extraña**
pentru că era o creatură mică cu formă foarte ciudată
**Y el bebé extendió los brazos y las piernas en todas direcciones**
iar bebelușul și-a întins brațele și picioarele în toate direcțiile
**«Será mejor que me lleve a este niño conmigo», pensó Alicia**
"Mai bine îl iau pe acest copil cu mine", se gândi Alice
**"Seguro que matarán a este bebé en uno o dos días"**
"Sigur că vor ucide acest copil într-o zi sau două"
**—¿No sería un asesinato dejar atrás a este bebé?**
"Nu ar fi o crimă să lași acest copil în urmă?"
**Dijo las últimas palabras en voz alta**
Ea a spus ultimele cuvinte cu voce tare
**Y la cosita gruñó en respuesta**
și micuțul a mormăit ca răspuns
**—Será mejor que no te conviertas en un cerdo, querida — dijo Alicia—**
— Mai bine nu te transformi în porc, draga mea, spuse Alice
**"o de lo contrario no tendré nada más que ver contigo"**
altfel nu voi mai avea nimic de-a face cu tine.
**Alicia empezaba a pensar para sí misma:**
Alice abia începea să se gândească:

"Ahora, ¿qué voy a hacer con esta criatura cuando la lleve a casa?"

"Acum, ce să fac cu această creatură, când o voi aduce acasă?"

**Pero entonces la pequeña criatura gruñó un poco violentamente**

dar apoi micuţa creatură mormăi puţin violent

**y Alicia lo miró a la cara con cierta alarma**

şi Alice s-a uitat în faţa lui cu oarecare alarmă

**Esta vez no podía haber error al respecto**

De data aceasta nu putea fi nicio greşeală în privinţa asta

**No era ni más ni menos que un cerdo**

nu era nici mai mult, nici mai puţin decât un porc

**Así que dejó a la pequeña criatura en el suelo**

aşa că a lăsat micuţa creatură jos

**y la pequeña criatura se aleja trotando tranquilamente hacia el bosque**

şi micuţa creatură se îndepărtează liniştită în pădure

**Alicia se sintió bastante aliviada al ver que la criatura se iba**

Alice s-a simţit destul de uşurată să vadă creatura plecând

**Alicia se sobresaltó un poco al ver al Gato de Cheshire**

Alice a fost puţin surprinsă văzând pisica Cheshire

**Estaba sentado en la rama de un árbol a pocos metros de distancia**

stătea pe o creangă de copac la câţiva metri distanţă

**El gato solo sonrió cuando la vio**

Pisica a zâmbit doar când a văzut-o

**—Gato de Cheshire —empezó Alicia, bastante tímidamente—**

— Pisica Cheshire, începu Alice, destul de timidă

**—¿Podría decirme, por favor, qué camino debo tomar desde aquí?**

"Ai putea să-mi spui în ce direcţie ar trebui să merg de aici?"

**—En esa dirección —dijo el gato—**

"În acea direcţie", a spus pisica

**Y agitó la pata derecha**

şi a fluturat laba dreaptă

**"En esa dirección vive un fabricante de sombreros"**

"În acea direcție trăiește un producător de pălării"
**Y entonces el gato agitó su otra pata**
și apoi pisica și-a fluturat cealaltă labă
**"Y en esa dirección vive una liebre de marzo"**
"Și în acea direcție trăiește un iepure de marș"
**"Visita a cualquiera de los que quieras; los dos están locos"**
"Vizitați oricare dintre cei care doriți; amândoi sunt nebuni"
**—Pero yo no quiero andar entre locos —comentó Alicia—**
— Dar nu vreau să merg printre nebuni, remarcă Alice
**—Oh, no puedes evitarlo —dijo el Gato—**
— Oh, nu te poți abține, spuse Pisica
**"Aquí estamos todos locos"**
"Suntem cu toții nebuni aici"
**"¿Vas a jugar al croquet con la reina hoy?"**
"Jucați crochet cu regina astăzi?"
**—Me gustaría mucho —dijo Alicia—**
— Mi-ar plăcea foarte mult, spuse Alice
**"pero todavía no me han invitado"**
"dar nu am fost încă invitat"
**—Allí me verás —dijo el Gato—**
"Mă vei vedea acolo", a spus Pisica
**Y de un momento a otro el gato desapareció**
și de la un moment la altul pisica a dispărut
**pronto Alicia llegó a la vista de la casa de la liebre de marzo**
curând Alice a ajuns la vederea casei iepurelui de marș
**Era una casa muy grande**
aceasta era o casă foarte mare
**así que Alicia no quiso acercarse a la casa**
așa că Alice nu a vrut să se apropie de casă
**Primero tuvo que mordisquear un poco más del trozo de champiñón del lado izquierdo**
Mai întâi a trebuit să ronțăie puțin din partea stângă a ciupercii

**Una fiesta de té loca**
o petrecere nebună a ceaiului
**Delante de la casa había un árbol**
În faţa casei era un copac
**y debajo del árbol había una mesa**
şi sub copac era o masă
**y la mesa estaba puesta con toda clase de cubiertos**
iar masa era pusă cu tot felul de tacâmuri
**La Liebre de Marzo y el Sombrerero estaban sentados a la mesa**
Iepurele de martie şi producătorul de pălării erau la masă
**y juntos estaban tomando el té**
şi împreună beau ceai
**Un lirón estaba sentado entre ellos**
un şoricel stătea între ei
**y el lirón se durmió profundamente**
iar şoricul dormea adânc
**La mesa era de un tamaño extraordinario**
Masa era de dimensiuni extraordinare
**Pero la mayor parte de la mesa estaba desocupada**
dar cea mai mare parte a mesei era neocupată
**Se sentaron apiñados en una esquina de la mesa**
Stăteau înghesuiţi într-un colţ al mesei
**y, sin embargo, se excusaban cuando veían a Alicia**
şi totuşi au găsit scuze când au văzut-o pe Alice
**"¡No hay espacio! ¡No hay lugar!", gritaron**
"Nu există loc! Nu există loc!" au strigat ei
**-¡Hay sitio de sobra! -exclamó Alicia indignada-**
— E loc din belşug! spuse Alice indignată
**En un extremo de la mesa había un gran sillón**
la un capăt al mesei era un fotoliu mare
**y Alicia se sentó en el sillón**
şi Alice s-a aşezat în fotoliu
**El sombrerero abrió mucho los ojos**
Pălărierul a deschis ochii foarte larg
**No podía creer lo que estaba viendo**
Nu-i venea să creadă ce vedea

**Pero su mente tenía curiosidad por otras cosas**

dar mintea lui era curioasă despre alte lucruri

**—¿Por qué un cuervo es como un escritorio?**

"De ce este un corb ca un birou?"

**Alicia estaba abierta al reto**

Alice a fost deschisă provocării

**"Me alegro de que hayan empezado a hacer adivinanzas"**

"Mă bucur că au început să pună ghicitori"

**—Creo que puedo adivinarlo —añadió en voz alta—**

— Cred că pot ghici asta, adăugă ea cu voce tare

**La liebre de marzo sintió curiosidad por Alicia**

Iepurele de marș a devenit curios despre Alice

**"¿De verdad crees que puedes encontrar la respuesta?"**

"Chiar crezi că poți găsi răspunsul?"

**—Creo que puedo encontrar la respuesta —dijo Alicia—**

— Cred că pot găsi într-adevăr răspunsul, spuse Alice

**—Entonces deberías decir lo que quieres decir —prosiguió la liebre de la marcha—**

"Atunci ar trebui să spui ce vrei să spui", a continuat iepurele de marș

**—Digo lo que quiero decir —respondió Alicia apresuradamente—**

— Spun ce vreau să spun, răspunse Alice în grabă

**"por lo menos quiero decir lo que digo"**

"cel puțin vorbesc serios ceea ce spun"

**"Es lo mismo, ¿sabes?"**

"E același lucru, știi"

**El lirón también contribuyó a la conversación**

Șoricul a contribuit și el la conversație

**Pero el lirón parecía estar hablando en sueños**

dar șoricul părea să vorbească în somn

**"Respiro cuando duermo"**

"Respir când dorm"

**"¡Duermo cuando respiro!"**

"Dorm când respir!"

**"Bien podría decirse que también son lo mismo"**

"Ai putea la fel de bine să spui că și ei sunt la fel"

-A ti te pasa lo mismo -dijo el sombrerero-
"Același lucru este și cu tine", a spus pălărierul
**Y echó un poco de té en la nariz del lirón**
și a turnat puțin ceai pe nasul șoricelui
**El Lirón sacudió la cabeza con impaciencia**
Dormouse a clătinat din cap nerăbdător
**Y volvió a hablar el Lirón, sin abrir los ojos**
și din nou șoricul a vorbit, fără să deschidă ochii
**"Por supuesto, por supuesto que es lo mismo"**
"Desigur, bineînțeles că este la fel"
**"eso es justo lo que iba a decir yo mismo"**
"Asta aveam de gând să spun și eu"

**El sombrerero se volvió hacia Alicia y le hizo otra pregunta**
Pălăriile s-a întors către Alice și i-a pus o altă întrebare
**—¿Ya has adivinado el enigma?**
"Ai ghicit deja ghicitoarea?"
**—No, me rindo —concedió Alicia—**
"Nu, renunț", a recunoscut Alice
**"¿Cuál es la respuesta?", quiso saber**
"Care este răspunsul?" a vrut să știe
**—No tengo la menor idea —dijo el sombrerero—**
— N-am nici cea mai mică idee, spuse pălărierul

**-Ni yo lo sé -dijo la liebre-**

"Nici nu știu", a spus iepurele de marș

**Alicia dio un suspiro de cansancio**

Alice a oftat obosit

**"Hay mejores usos del tiempo que los enigmas sin respuestas"**

"Există o utilizare mai bună a timpului decât ghicitori fără răspunsuri"

**-¡Toma un poco más de té! -dijo la liebre a Alicia, muy seriamente-**

"Mai bea niște ceai", i-a spus iepurele de marș lui Alice, foarte serios

**Alicia se sintió bastante ofendida por la oferta**

Alice a fost destul de ofensată de ofertă

**—Todavía no he tomado el té —respondió Alicia—**

"Nu am băut încă ceai", a răspuns Alice

**"por lo tanto, no puedo tomar más té"**

"de aceea nu mai pot bea ceai"

**—Quieres decir que no puedes tomar menos té —dijo el sombrerero—**

"Vrei să spui că nu poți bea mai puțin ceai", a spus pălărierul

**"Es muy fácil llevarse más que nada"**

"Este foarte ușor să iei mai mult decât nimic"

**Al oír esto, Alicia se levantó y se marchó**

Alice s-a ridicat și a plecat

**El lirón se durmió al instante**

Șoricul a adormit instantaneu

**y ninguno de los otros hizo la menor atención de que ella se fuera**

și nici unul dintre ceilalți nu a băgat în seamă plecarea ei

**aunque miró hacia atrás una o dos veces**

deși s-a uitat înapoi o dată sau de două ori

**Intentaban meter el lirón en la tetera**

încercau să bage șoricul în ceainic

**-De todos modos, ¡no volveré a ir allí! -dijo Alicia-**

— În orice caz, nu voi mai merge niciodată acolo! spuse Alice

**Y ella caminó su camino a través del bosque**

şi şi-a croit drum prin pădure

**"Esa fue la fiesta del té más estúpida a la que he ido en mi vida"**

"A fost cea mai stupidă petrecere de ceai la care am fost vreodată"

**Justo cuando dijo esto, notó algo**

Tocmai în timp ce spunea asta, a observat ceva

**Uno de los árboles tenía una puerta que daba directamente a él**

Unul dintre copaci avea o uşă care ducea direct în el

**"¡Eso es muy interesante!", pensó**

"E foarte interesant!" se gândi ea

**"Creo que es mejor que pase por la puerta"**

"Cred că aş putea la fel de bine să intru pe uşă"

**Y entró por la puerta**

Şi a intrat pe uşă

**Una vez más se encontró en el largo pasillo**

Încă o dată s-a trezit în holul lung

**De nuevo estaba cerca de la mesita de cristal**

din nou era aproape de măsuţa de sticlă

**Ella tomó la pequeña llave de oro**

A luat cheia mică de aur

**Y abrió la puerta que daba al jardín**

şi a descuiat uşa care ducea în grădină

**Luego se puso manos a la obra mordisqueando el hongo**

Apoi s-a apucat de treabă ronţăind ciuperca

**Había guardado un trozo de la seta en el bolsillo**

Păstrase o bucată de ciupercă în buzunar

**Y, por último, medía alrededor de un metro de altura**

şi în cele din urmă avea aproximativ un metru înălţime

**Luego caminó por el pequeño pasillo**

apoi a mers pe micul coridor

**Y entonces finalmente se encontró en el hermoso jardín**

şi apoi s-a trezit în cele din urmă în frumoasa grădină

**y ella estaba entre la flor brillante y las fuentes frescas**

şi era printre florile strălucitoare şi fântânile răcoroase

**El campo de croquet de la reina**
Terenul de crochet al reginei
**Un gran rosal se alzaba cerca de la entrada del jardín**
Un trandafir mare stătea lângă intrarea în grădină
**Las rosas que crecían en el árbol eran blancas**
trandafirii care creșteau pe copac erau albi
**Pero había tres jardineros pintando la rosa**
dar erau trei grădinari care pictau trandafirul
**Estaban ocupados pintando las rosas de rojo**
erau ocupați să picteze trandafirii în roșu
**y Alicia los miraba pintar las rosas de rojo**
iar Alice îi privea pictând trandafirii în roșu
**y de repente sus ojos se posaron por casualidad en Alicia**
și deodată ochii lor au căzut din întâmplare pe Alice
**Alicia habló un poco tímidamente**
Alice a vorbit puțin timid
**—¿Podría decírmelo, por favor?**
— Ai vrea să-mi spui, te rog;
**"¿Por qué están pintando todas esas rosas?"**
"De ce pictați cu toții acei trandafiri?"
**Cinco y siete no dijeron nada, pero miraron a dos**
cinci și șapte nu au spus nimic, ci s-au uitat la doi
**Dos hablaron, en voz baja**
Doi au vorbit cu voce scăzută
**"Vaya, el hecho es que ya lo ve, señora"**
— De ce, adevărul este, vedeți, doamnă.
**"Esto de aquí debería haber sido un rosal rojo"**
"Aici ar fi trebuit să fie un trandafir roșu"
**"Y pusimos un rosal blanco por error"**
"și am pus din greșeală un trandafir alb"
**"Como estarás de acuerdo, la Reina no debe enterarse"**
"După cum ați fi de acord, regina nu trebuie să afle"
**"De lo contrario, nos cortarían la cabeza a todos"**
"Altfel ne-am tăia cu toții capul"
**"Así que ya ve, señora, estamos haciendo lo mejor que podemos"**
"Deci vedeți, doamnă, facem tot posibilul"

**La Carta Cinco había estado mirando ansiosamente a través del jardín**

Cardul cinci se uitase cu nerăbdare prin grădină

**En ese momento, la carta cinco gritó: "¡La reina! ¡La reina!"**

În acest moment, cartea a cincea a strigat: "Regina! Regina!"

**Y los tres jardineros se escabulleron al instante**

iar cei trei grădinari au fugit instantaneu

**Y se arrojaron de bruces**

și s-au aruncat cu fața la pământ

**Se oyó el sonido de muchos pasos**

Se auzea un sunet de mulți pași

**Alicia miró a su alrededor, ansiosa por ver a la reina**

Alice s-a uitat în jur, nerăbdătoare să o vadă pe regină

**Al comienzo de la procesión había diez soldados**

La începutul procesiunii erau zece soldați

**Sus manos y pies estaban en las esquinas**

mâinile și picioarele lor erau în colțuri

**y en sus manos y pies había garrotes**

și în mâinile și picioarele lor erau bâte

**Luego vinieron los diez cortesanos**

Apoi au venit cei zece curteni

**Los cortesanos estaban adornados con diamantes**

curtenii erau împodobiți peste tot cu diamante

**Después de los cortesanos venían los hijos reales**

După curteni au venit copiii regali

**Eran diez los hijos de la realeza**

Erau zece copii regali

**y todos los niños reales estaban adornados con corazones**

și toți copiii împărătești erau împodobiți cu inimioare

**Luego vinieron los invitados; en su mayoría reyes y reinas**

Apoi au venit oaspeții; în mare parte regi și regine

**y entre los reyes y la reina, Alicia vio a alguien**

și printre regi și regină, Alice a văzut pe cineva

**Volvió a ver al conejo blanco que había perseguido**

A văzut din nou iepurele alb pe care îl urmărise

**La procesión fue seguida por la sota de los corazones**

Procesiunea a fost urmată de ticălosul de inimi

**Llevaba la corona del rey**
Purta coroana regelui
**y la corona del rey estaba sobre un cojín de terciopelo carmesí**
iar coroana regelui era pe o pernă de catifea purpurie
**Y entonces llegó el final de esta gran procesión**
și apoi a venit sfârșitul acestei mari procesiuni
**Y allí, al final, estaban el Rey y la Reina de Corazones**
și acolo, la sfârșit, erau regele și regina inimilor
**la procesión venía frente a Alicia**
procesiunea a venit opus lui Alice
**Y todos se detuvieron y la miraron**
și toți s-au oprit și s-au uitat la ea
**Y la reina dijo severamente: "¿Quién es éste?"**
și regina a spus sever: "Cine este acesta?"
**Se lo dijo a la Sota de Corazones**
Ea i-a spus-o ticălosului de inimi
**Pero él se limitó a hacer una reverencia y a sonreír en respuesta**
dar el doar s-a înclinat și a zâmbit ca răspuns
**Alicia habló muy cortésmente**
Alice a vorbit foarte politicos
**"Mi nombre es Alicia, así que por favor, su majestad"**
"Numele meu este Alice, așa că vă rog maiestatea voastră"
**Pero ella tenía otros pensamientos para sí misma**
dar avea alte gânduri pentru ea
**"¡Después de todo, son solo un mazo de cartas!"**
"Sunt doar un pachet de cărți, la urma urmei!"
**"¿Sabes jugar al croquet?", gritó la reina**
"Poți juca croquet?" a strigat regina
**Era evidente que la pregunta iba dirigida a Alicia**
Întrebarea era evident destinată lui Alice
**-¡Sí! -dijo Alicia en voz alta-**
"Da!" a spus Alice cu voce tare
**—¡Ven a jugar! —rugió la reina—**
"Vino să te joci atunci!" a răcnit regina
**una voz tímida le habló a Alicia**

o voce timidă i-a vorbit lui Alice
**"¡Es un día muy hermoso!"**
"Este o zi foarte frumoasă!"
**Caminaba junto al conejo blanco**
Mergea pe lângă iepurele alb
**y el Conejo Blanco la miraba ansiosamente a la cara**
iar Iepurele Alb îi privea neliniştit în faţă
**—Un día muy bueno —confirmó Alicia—**
— Într-adevăr, o zi foarte frumoasă, confirmă Alice
**—¿Dónde está la duquesa?**
"Unde este ducesa?"
**"¡Silencio! ¡Silencio!", dijo el Conejo**
"Taci! Taci!" a spus Iepurele
**"Está condenada a muerte"**
"Ea este condamnată la execuţie"
**—¿Por qué la ejecutan? —preguntó Alicia**
— Pentru ce este executată? întrebă Alice
**—Le ha rayado las orejas a la reina —empezó a decir el conejo—**
"I-a zgâriat urechile reginei", a început iepurele
**—gritó la Reina con voz de trueno—**
Regina a strigat cu o voce de tunet
**"¡Vayan a sus lugares!"**
"Ajungeţi la locurile voastre!"
**Y la gente empezó a correr en todas direcciones**
şi oamenii au început să alerge în toate direcţiile
**y todos tropezaron unos con otros**
şi toţi s-au rostogolit unul împotriva celuilalt
**Sin embargo, se calmaron en uno o dos minutos**
Cu toate acestea, s-au liniştit într-un minut sau două
**Y entonces comenzó el juego**
şi apoi a început jocul
**Alicia nunca había visto un campo de croquet tan curioso**
Alice nu văzuse niciodată un teren de crochet atât de curios
**La hierba era todo crestas y surcos**
iarba era doar creste şi brazde
**Las bolas de croquet eran erizos de verdad**

Bilele de crochet erau adevărați arici
**y los mazos eran flamencos de verdad**
iar ciocanele erau adevărate flamingo
**Y los soldados se pusieron de pie sobre sus manos y sus pies**
și soldații stăteau în picioare
**porque los arcos estaban hechos de sus cuerpos**
pentru că arcadele au fost făcute din corpurile lor
**Todos los jugadores jugaron a la vez**
Jucătorii au jucat toți simultan
**Nadie esperó su turno**
nimeni nu și-a așteptat rândul
**y todos se peleaban con todos**
și toată lumea s-a certat cu toată lumea
**y todos luchaban por los erizos**
și toți se luptau pentru arici
**Pronto la reina se vio presa de una furiosa pasión**
În curând, regina a fost într-o pasiune furioasă
**Y empezó a patalear y a gritar**
și a început să calce și să strige
**"¡Córtale la cabeza!"**
"Tăiați-i capul!"
**"¡Córtale la cabeza!"**
"Tăiați-i capul!"
**"¡Córtale la cabeza a todos!"**
"Tăiați-le toate capetele!"
**De nuevo Alicia pensó para sí misma**
Alice se gândi din nou în sinea ei
**"Son terriblemente aficionados a decapitar a la gente aquí"**
"Le place îngrozitor să decapiteze oamenii aici"
**"¡La gran maravilla es que quede alguien vivo!"**
"Marea minune este că a mai rămas cineva în viață!"
**Buscaba alguna vía de escape**
Căuta o cale de scăpare
**Notó una curiosa apariencia en el aire**
a observat o apariție curioasă în aer
**«Es el gato de Cheshire», se dijo a sí misma**
"E pisica Cheshire", și-a spus ea

**"Ahora tendré a alguien con quien hablar"**

"acum voi avea cu cine vorbi"

**—¿Cómo te va? —preguntó el gato**

"Cum te descurci?" a spus pisica

**—No creo que jueguen nada limpio —dijo Alicia—**

"Nu cred că joacă deloc corect", a spus Alice

**Y tenía un tono bastante quejumbroso**

și avea un ton mai degrabă plângător

**"Todos se pelean tan terriblemente"**

"Toți se ceartă atât de îngrozitor"

**"Uno no se oye hablar"**

"Nu te auzi vorbind"

**"Y no parecen jugar con ninguna regla"**

"Și nu par să joace după nicio regulă"

**el gato le hizo una pregunta a Alicia en voz baja**

pisica i-a pus o întrebare lui Alice cu voce scăzută

**—¿Qué te parece la reina?**

"Cum îți place regina?"

**—No me gusta nada —dijo Alicia—**

— Nu-mi place deloc, spuse Alice

**Alicia pensó que sería mejor que volviera**
Alice s-a gândit că ar putea la fel de bine să se întoarcă
**Quería ver cómo iba el partido**
A vrut să vadă cum merge jocul
**Se fue en busca de su erizo**
A plecat în căutarea ariciului ei
**El erizo estaba ocupado luchando contra otro erizo**
Ariciul era ocupat să se lupte cu un alt arici
**Esta fue una excelente oportunidad**
Aceasta a fost o oportunitate excelentă
**Podía hacer croquet a un erizo con el otro**
putea să facă crochet cu un arici cu celălalt
**Pero su flamenco estaba al otro lado del jardín**
dar flamingoul ei era de cealaltă parte a grădinii
**El flamenco era bastante torpe**
Flamingo era destul de stângaci
**Su flamenco intentaba volar hacia un árbol**
flamingoul ei încerca să zboare într-un copac
**Atrapó al flamenco por la pierna**
A prins flamingo de picior
**Y guardó el flamenco bajo el brazo**
și și-a ascuns flamingo sub braț
**De esa manera, el flamenco no pudo escapar de nuevo**
În acest fel, flamingo nu putea scăpa din nou
**Justo en ese momento Alicia se encontró con la duquesa**
Chiar atunci Alice a întâlnit-o pe ducesă
**La duquesa ya había salido de la cárcel**
Ducesa a ieșit din închisoare
**Metió cariñosamente su brazo bajo el brazo de Alicia**
Și-a băgat brațul sub brațul lui Alice
**Y luego se fueron juntos**
și apoi au plecat împreună
**Alicia se alegró mucho de encontrarla de tan buen humor**
Alice a fost foarte bucuroasă să o găsească într-un
temperament atât de plăcut
**Sin embargo, estaba un poco asustada**
Cu toate acestea, a fost puțin speriată

Oyó la voz de la duquesa cerca de su oído
a auzit vocea ducesei aproape de urechea ei
**"Estás pensando en algo, querida"**
"Te gândești la ceva, draga mea"
**"Y eso hace que te olvides de hablar"**
"Și asta te face să uiți să vorbești"
**—El juego va bastante mejor ahora —dijo Alicia—**
"Jocul merge destul de bine acum", a spus Alice
**Era una forma de mantener la conversación**
A fost o modalitate de a menține conversația
**-Así es -dijo la duquesa-**
— Într-adevăr, așa este, spuse ducesa
**"Y la moraleja de eso es esta:"**
"Și morala acestui lucru este aceasta:"
**"¡Es el amor el que lo hace todo!"**
"Iubirea este cea care face totul!"
**"El amor es lo que hace que el mundo gire"**
"Iubirea este ceea ce face lumea să se învârtă"
**Alicia tenía otra explicación**
Alice avea o altă explicație
**"¡Lo hace todo el mundo ocupándose de sus propios
asuntos!"**
"Fiecare își vede de treaba lui!"
**—¡Ah, bueno! Podrías tener razón"**
"Ah, ei bine! Ai putea avea dreptate"
**-Todo significa lo mismo -dijo la duquesa-**
— Totul înseamnă cam același lucru, spuse ducesa
**y hundió su afilada barbilla en el hombro de Alicia**
și și-a înfipt bărbia ascuțită în umărul lui Alice
**"Y la moraleja de eso es esta"**
"Și morala asta este aceasta"
**"Cuida el sentido"**
"Ai grijă de simțuri"
**"Y entonces los sonidos se encargarán de sí mismos"**
"Și atunci sunetele vor avea grijă de ele însele"
**Pero entonces el brazo de la duquesa empezó a temblar**
dar apoi brațul ducesei a început să tremure

**Alicia alzó la vista y allí estaba la reina**

Alice s-a uitat în sus şi acolo stătea regina

**La reina tenía los brazos cruzados**

Regina avea braţele încrucişate

**¡Y ella fruncía el ceño como una tormenta eléctrica!**

şi se încrunta ca o furtună!

**—Te advierto —gritó la reina—**

"Vă avertizez corect", a strigat regina

**Y pisoteó el suelo mientras hablaba**

şi a călcat în picioare în timp ce vorbea

**"O tu cabeza o la suya deben estar cortadas"**

"Fie capul tău, fie capul ei trebuie să fie oprit"

**"¡Toma tu decisión!"**

"Alege!"

**"Y ser rápido al respecto"**

"şi să te grăbeşti cu asta"

**La duquesa hizo su elección**

Ducesa a făcut alegerea ei

**Y al cabo de un instante la duquesa se fue**

şi într-o clipă ducesa a dispărut

**Entonces la reina le habló a Alicia**

Apoi regina i-a vorbit lui Alice

**"Sigamos con el juego"**

"Să continuăm jocul"

**Alicia estaba demasiado asustada para decir una palabra**

Alice era prea speriată ca să spună un cuvânt

**Y la siguió lentamente hasta el campo de croquet**

şi a urmat-o încet înapoi la croquet

**Todo el tiempo la Reina se peleó con los otros jugadores**

Tot timpul regina s-a certat cu ceilalţi jucători

**"¡Córtale la cabeza!"**

"Tăiaţi-i capul!"

**"¡Córtale la cabeza!"**

"Tăiaţi-i capul!"

**"¡Córtale la cabeza a todos!"**

"Tăiaţi-le toate capetele!"

**Pronto todos los jugadores estaban bajo custodia**

În curând, toți jucătorii au fost în custodie
**solo quedaron el rey, la reina y Alicia**
doar regele, regina și Alice au rămas
**Entonces la reina se marchó, casi sin aliento**
Apoi regina a plecat, fără suflare
**y se fue con Alicia**
și a plecat cu Alice
**Alicia oyó que el rey decía algo en voz baja**
Alice l-a auzit pe rege spunând ceva în liniște
**"Estáis todos perdonados"**
"Sunteți cu toții iertați"
**Pero de repente se oyó otro grito**
dar dintr-o dată s-a auzit un alt strigăt
**"¡El juicio está comenzando!"**
"Procesul începe!"
**y Alicia corrió con los demás**
și Alice a alergat împreună cu ceilalți

¿Quién robó las tartas?

Cine a furat tartele?

**El rey y la reina de corazones estaban sentados**

Regele şi regina de inimi s-au aşezat

**estaban en su trono cuando llegó Alicia**

erau pe tronul lor când a sosit Alice

**Había una gran multitud reunida a su alrededed or**

Era o mare mulţime adunată în jurul lor

**Había todo tipo de pajaritos y bestias**

erau tot felul de păsări şi animale

**Y allí estaba toda la baraja de cartas**

şi acolo era tot pachetul de cărţi

**La sota estaba de pie frente a ellos, encadenada**

ticălosul stătea în faţa lor, în lanţuri

**y había un soldado a cada lado para custodiarlo**

şi era câte un soldat de fiecare parte care să-l păzească

**cerca del Rey estaba el conejo blanco**

lângă rege era iepurele alb

**Tenía una trompeta en una mano**

avea o trompetă într-o mână

**y tenía un rollo de pergamino en la otra mano**

şi avea un sul de pergament în cealaltă mână

**En el centro del patio había una mesa**

Chiar în mijlocul curţii era o masă

**Sobre la mesa había un gran plato de tartas**

Pe masă era un fel mare de tarte

**«Ojalá hicieran el juicio», pensó Alicia**

"Mi-aş dori să ducă la bun sfârşit procesul", se gândi Alice

**—¡Entonces podríamos comer algunos de esos refrescos!**

"Atunci am putea mânca nişte băuturi răcoritoare!"

**El juez, por cierto, era el rey**
Judecătorul, apropo, era regele
**y llevaba su corona sobre su gran peluca**
și și-a purtat coroana peste peruca sa mare
**«Ésa es la tribuna del jurado», pensó Alicia**
— Asta e boxa juraților, se gândi Alice
**"Y esas doce criaturas, supongo que son los miembros del jurado"**
"și acele douăsprezece creaturi, presupun că sunt jurații"
**algunos eran animales y otros eran pájaros**
unele erau animale, iar altele erau păsări
**En ese momento el conejo blanco gritó**
Chiar atunci iepurele alb a strigat
**"¡Silencio en la corte!"**
"Liniște în curte!"
**"¡Heraldo, lee la acusación!", dijo el rey**
"Vestitor, citește acuzația!" a spus regele
**El Conejo Blanco tocó tres veces la trompeta**
Iepurele Alb a suflat trei sunete la trompetă
**Luego desenrolló el rollo de pergamino**
apoi a derulat pergamentul
**Y leyó lo siguiente:**

și a citit următoarele:
**"La reina de corazones, hizo unas tartas"**
"Regina inimilor, a făcut niște tarte"
**"Todo esto lo hizo en un día de verano"**
"Toate acestea le-a făcut într-o zi de vară"
**"La sota de los corazones, robó esas tartas"**
"Ticălosul inimilor, a furat acele tarte"
**—¡Y se llevó esas tartas muy lejos!**
"Și a luat acele tarte departe!"
**—Llama al primer testigo —dijo el rey—**
"Cheamă primul martor", a spus regele
**y el conejo blanco tocó tres veces la trompeta**
iar iepurele alb a sunat trei sunete de trâmbiță
**"¡Traigan al primer testigo!", gritó**
"Aduceți primul martor!" a strigat el
**El primer testigo fue el sombrerero**
Primul martor a fost producătorul de pălării
**Entró con una taza de té en una mano**
A intrat cu o ceașcă de ceai într-o mână
**Y tenía un pedazo de pan con mantequilla en la otra mano**
și avea o bucată de pâine și unt în cealaltă mână
**—Tendrías que haber terminado —dijo el rey—**
— Ar fi trebuit să termini, spuse regele
**—¿Cuándo empezaste?**
"Când ai început?"
**El sombrerero miró a la liebre de marcha**
Pălăriile s-au uitat la iepurele de marș
**La Liebre de Marzo lo había seguido hasta el patio**
Iepurele de martie l-a urmat în curte
**Había caminado del brazo del lirón**
A mers braț la braț cu șoricul
**—El catorce de marzo, creo que fue —dijo—**
"Paisprezece martie, cred că a fost", a spus el
**—Da tu testimonio —dijo el rey—**
"Dă-ți mărturia", a spus regele
**"Y no te pongas nervioso, o te haré ejecutar en el acto"**
"și nu fi nervos, altfel te voi executa pe loc"

**Esto no pareció animar en absoluto al testigo**
Acest lucru nu părea să-l încurajeze deloc pe martor
**Seguía moviéndose de un pie al otro**
A continuat să se miște de la un picior la altul
**Y miró inquieto a la reina**
și s-a uitat neliniștit la regină
**Y, en su confusión, mordió un gran trozo de su taza de té**
și, în confuzia lui, a mușcat o bucată mare din ceașca de ceai
**En realidad, tenía la intención de morder de su pan y mantequilla**
Într-adevăr, a vrut să muște din pâinea și untul său
**Justo en ese momento, Alicia sintió una sensación muy curiosa**
Chiar în acest moment Alice a simțit o senzație foarte curioasă
**Empezaba a crecer de nuevo**
începea să crească din nou
**Al miserable sombrerero se le cayó la taza de té**
Mizerabilul pălărier și-a scăpat ceașca de ceai
**y el pan y la mantequilla cayeron al suelo**
și pâinea și untul au căzut la pământ
**Y cayó sobre una rodilla**
și a căzut în genunchi
**—Soy un pobre hombre, majestad —comenzó—**
"Sunt un om sărac, maiestatea voastră", a început el
**—Eres un orador muy malo —dijo el rey—**
"Ești un vorbitor foarte slab", a spus regele
**—Puedes irte —dijo el rey—**
"Poți să pleci", a spus regele
**Y el sombrerero abandonó apresuradamente el patio**
iar pălărierul a părăsit în grabă curtea
**—¡Llama al próximo testigo! —dijo el rey—**
"Cheamă următorul martor!" a spus regele
**El siguiente testigo fue el cocinero de la duquesa**
Următorul martor a fost bucătarul ducesei
**Llevaba la caja de pimienta en la mano**
Purta cutia de piper în mână
**Y la gente que estaba cerca de la puerta empezó a estornudar**

de repente
şi oamenii de lângă uşă au început să strănute dintr-o dată
—Da tu testimonio —dijo el rey—
"Dă-ţi mărturia", a spus regele
-No daré ninguna prueba -dijo el cocinero-
"Nu voi da nicio mărturie", a spus bucătarul
El rey miró ansiosamente al conejo blanco
Regele s-a uitat neliniştit la iepurele alb
Y el conejo blanco habló en voz baja
iar iepurele alb a vorbit cu o voce liniştită
"Su Majestad debe interrogar a este testigo"
"Majestatea Voastră trebuie să interogheze acest martor"
"Bueno, si debo, debo", dijo el rey
"Ei bine, dacă trebuie, trebuie", a spus regele
"¿De qué están hechas las tartas?"
"Din ce sunt făcute tartele?"
—Las tartas están hechas de pimienta, en su mayoría —dijo
el cocinero—
"Tartele sunt făcute din piper, în mare parte", a spus bucătarul
Durante algunos minutos, toda la corte estuvo en confusión
Timp de câteva minute, întreaga curte a fost în confuzie
Con el tiempo, todos se calmaron de nuevo
În cele din urmă s-au liniştit din nou
Pero para entonces el cocinero había desaparecido
dar până atunci bucătarul dispăruse
"¡No importa!", dijo el rey
"Nu contează!" a spus regele
"Llamar al estrado al próximo testigo"
"Chemaţi la tribună următorul martor"
Alicia observó al conejo blanco mientras él repasaba a
tientas la lista
Alice l-a privit pe iepurele alb în timp ce se uita peste listă
Puedes imaginar su sorpresa por lo que escuchó a
continuación
Vă puteţi imagina surpriza ei la ceea ce a auzit în continuare
con su vocecita estridente, llamó el nombre de «¡Alicia!»
cu vocea sa stridentă, a strigat numele "Alice!"

## La evidencia de Alicia
### Mărturia lui Alice

-¡Aquí! -exclamó Alicia-

— Uite! strigă Alice

**Se levantó de un salto a toda prisa**

A sărit în sus în mare grabă

**Y volcó el estrado del jurado**

și a răsturnat boxa juraților

**y derribó a todos los miembros del jurado**

și i-a doborât pe toți jurații

**y cayeron sobre las cabezas de la muchedumbre de abajo**

și au căzut în capetele mulțimii de jos

**Alicia estaba muy consternada**

Alice era foarte consternată

**"¡Oh, le ruego que me perdone!", exclamó**

"Oh, vă cer iertare!" a exclamat ea

**—El juicio no puede continuar —dijo el rey—**

"Procesul nu poate continua", a spus regele

**"Los miembros del jurado deben volver a ocupar su lugar"**

"Jurații trebuie să se întoarcă la locurile lor"

**Repitió la orden con gran énfasis**

a repetat ordinul cu mare emfază

**y miró a Alicia con severidad**

și s-a uitat la Alice cu severitate

**—¿Qué sabe usted de estos acontecimientos? —preguntó el rey a Alicia**

"Ce știi despre aceste evenimente?" a întrebat-o regele pe Alice

**—No sé nada sobre el tema —dijo Alicia—**

— Nu știu nimic despre acest subiect, spuse Alice

**Entonces el rey leyó de su libro**

Regele a citit apoi din cartea sa

**"Regla cuarenta y dos"**

"Regula patruzeci și doi"

**"Todas las personas que tengan más de una milla de altura deben abandonar el tribunal"**

"Toate persoanele cu o înălțime mai mare de un kilometru trebuie să părăsească curtea"

**—No mido ni una milla de altura —dijo Alicia—**

— Nu am nici o milă înălţime, spuse Alice

**—Casi dos millas de altura —dijo la Reina—**

"Aproape două mile înălţime", a spus regina

**—Bueno, me niego a ir —dijo Alicia—**

— Ei bine, refuz să plec, spuse Alice

**El rey palideció**

Regele a devenit palid

**Y cerró apresuradamente su cuaderno de notas**

şi şi-a închis în grabă carneţelul

**"Consideren su veredicto", le dijo al jurado**

"Luaţi în considerare verdictul vostru", a spus el juriului

**Habló en voz baja y temblorosa**

a vorbit cu o voce joasă şi tremurândă

**Entonces habló el conejo blanco**

Apoi iepurele alb a vorbit

**"Todavía hay más pruebas por venir"**

"Mai sunt încă mai multe dovezi"

**Y se levantó de un salto a toda prisa**

și a sărit în sus în mare grabă
**"Este papel acaba de ser recogido"**
"Acest ziar tocmai a fost ridicat"
**"Parece ser una carta escrita por el prisionero"**
"Pare a fi o scrisoare scrisă de prizonier"
**Desdobló el papel mientras hablaba**
A desfăcut hârtia în timp ce vorbea
**"Al fin y al cabo, no es una carta"**
"Nu este o scrisoare, la urma urmei"
**"Lo que era era un conjunto de versos"**
"Ceea ce a fost a fost un set de versuri"
**—Por favor, majestad —dijo el bribón—**
"Vă rog, maiestatea voastră", a spus ticălosul
**"Yo no escribí esos versos"**
"Nu eu am scris acele versuri"
**"y no pueden probar que yo escribí nada"**
"și nu pot dovedi că am scris ceva"
**"No hay ningún nombre firmado al final"**
"Nu există niciun nume semnat la sfârșit"
**El rey le habló a la sota**
Regele i-a vorbit ticălosului
**"Debes haber tenido la intención de causar algún daño"**
"Probabil că ai vrut să faci vreo răutate"
**"De lo contrario, habrías firmado con tu nombre como un hombre honrado"**
"altfel ți-ai fi semnat numele ca un om cinstit"
**Hubo un aplauso general**
S-a auzit o bătaie generală de palme
**Y el rey se volvió hacia el conejo blanco**
și regele s-a întors către iepurele alb
**—Lee los versos —ordenó—**
"Citiți versetele", a ordonat el
**Hubo un silencio sepulcral en la corte**
A fost tăcere de moarte în curte
**Y el conejo blanco leyó los versos**
iar iepurele alb a citit versetele
**Me dijeron que habías estado con ella**

Mi-au spus că ai fost la ea
**Y me mencionaron a él**
Și m-au povestit de el
**Ella me dio un buen carácter**
Mi-a dat un caracter bun
**Pero ella dijo que yo no sabía nadar**
Dar ea a spus că nu știu să înot
**Les mandó decir que yo no había ido**
Le-a trimis vestea că nu am plecat
**Sabemos que es verdad**
Știm că este adevărat
**Si ella insistiera en el asunto, ¿qué sería de ti?**
Dacă ar insista mai departe, ce s-ar întâmpla cu tine?
**Yo le di uno, ellos le dieron dos**
I-am dat unul, ei i-au dat două
**Nos diste tres o más**
Ne-ai dat trei sau mai multe
**Todos volvieron de él a ti**
Toți s-au întors de la el la tine
**aunque antes eran míos**
deși erau ale mele înainte
**Si yo o ella tuviéramos la oportunidad de serlo**
Dacă eu sau ea am avea șansa să fiu
**Si yo o ella estuviéramos involucrados en este asunto**
Dacă eu sau ea am fost implicați în această afacere
**Él confía en ti para liberarlos**
El se încrede în tine să-i eliberezi
**Exactamente como estábamos**
Exact așa cum eram noi
**Mi idea era que tú habías sido**
Ideea mea a fost că ai fost
**Antes de que ella tuviera este ataque**
Înainte de a avea această criză
**Un obstáculo que se interpuso entre**
Un obstacol care s-a interpus,
**A Él, y a nosotros mismos, y a**
El și noi înșine, și

**No le dejes saber que a ella le gustaban más**

Nu-l lăsa să știe că îi place cel mai mult

**Porque esto debe ser para siempre un secreto, guardado de todos los demás**

Căci aceasta trebuie să fie pentru totdeauna un secret, ascuns de toate celelalte

**Este secreto debe seguir siendo un secreto entre tú y yo**

Acest secret trebuie să rămână un secret între tine și mine

**El rey quedó muy impresionado**

Regele a fost foarte impresionat

**"Esa es la prueba más importante que hemos escuchado hasta ahora"**

"Aceasta este cea mai importantă dovadă pe care am auzit-o până acum"

**—No creo que esos versos tengan un átomo de significado — objetó Alicia—**

"Nu cred că acele versete au un atom de semnificație", a obiectat Alice

**el rey tenía su propia opinión al respecto**

regele avea propria sa părere în această privință

**"Si no hay significado en esas palabras, eso salva un mundo de problemas"**

"Dacă nu există niciun sens în aceste cuvinte, asta salvează o lume de probleme"

**"Entonces no necesitamos tratar de encontrar el significado"**

"Atunci nu trebuie să încercăm să găsim sensul"

**"Que el jurado considere su veredicto"**

"Lăsați juriul să-și ia în considerare verdictul"

**-¡No, no! -dijo la reina-**

"Nu, nu!" a spus regina

**"Primero la sentencia y después el veredicto"**

"Sentința mai întâi – verdictul după"

**-¡Tonterías y tonterías! -exclamó Alicia en voz alta-**

"Chestii și prostii!" a spus Alice cu voce tare

**"¡Qué tontería es sentenciar al acusado primero!"**

"Ce prostesc este să-l condamni pe inculpat primul!"

—¡Cállate la lengua! —dijo la reina, poniéndose morada—
"Ține-ți limba!" a spus regina, devenind purpurie
-¡No me callaré! -exclamó Alicia-
— Nu îmi voi ține limba! spuse Alice
—gritó la Reina a voz en cuello—
Regina a strigat cu voce tare
"¡Córtale la cabeza!"
"Tăiați-i capul!"
**Nadie hizo un movimiento**
Nimeni nu a făcut o mișcare
-¿A quién le importa lo que digas? -dijo Alicia-
"Cui îi pasă ce spui?" a spus Alice
**Para entonces ya había crecido hasta alcanzar su tamaño completo**
ea crescuse până la dimensiunea ei maximă până în acest moment
**"¡No eres más que un mazo de cartas!"**
"Nu ești altceva decât un pachet de cărți!"
**Al oír esto, todas las cartas se alzaron en el aire**

La aceasta, toate cărţile s-au ridicat în aer
**Y todas las cartas cayeron volando sobre ella**
şi toate cărţile au zburat peste ea
**Ella dio un pequeño grito**
a scos un mic ţipăt
**Estaba medio asustada, pero también enojada**
Îi era pe jumătate frică, dar şi furioasă
**Y trató de quitarse las cartas de encima**
şi a încercat să lupte cu cărţile de pe ea însăşi
**Y entonces se encontró tendida en el banco de hierba**
şi apoi s-a trezit întinsă pe malul de iarbă
**Su cabeza estaba en el regazo de su hermana**
capul ei era în poala surorii ei
**Algunas hojas muertas habían caído en su cara**
nişte frunze moarte aterizaseră pe faţa ei
**Y su hermana estaba cepillando suavemente las hojas**
iar sora ei îndepărta uşor frunzele
**-¡Despierta, querida Alicia! -dijo su hermana-**
"Trezeşte-te, dragă Alice!" a spus sora ei
**—¡Qué sueño tan largo has tenido!**
"Ce somn lung ai avut!"
**-¡Oh, he tenido un sueño tan curioso! -exclamó Alicia-**
— Oh, am avut un vis atât de ciudat! spuse Alice
**Y le contó a su hermana todo lo que podía recordar**
Şi i-a spus surorii sale tot ce şi-a putut aminti
**todas las extrañas aventuras sobre las que acabas de leer**
toate aventurile ciudate despre care tocmai ai citit
**Alicia se levantó y salió corriendo**
Alice s-a ridicat şi a fugit
**Y pensó, mientras corría, en su sueño**
şi se gândea, în timp ce alerga, la visul ei
**—¡Qué sueño tan maravilloso había sido!**
Ce vis minunat a fost!